Christian Mörken

Das weiße Z
und die verschollenen Juwelen

Christian Mörken

Das weiße Z

und die verschollenen Juwelen

SCM

SCM

Stiftung Christliche Medien

Der SCM Verlag ist eine Gesellschaft der Stiftung Christliche Medien, einer gemeinnützigen Stiftung, die sich für die Förderung und Verbreitung christlicher Bücher, Zeitschriften, Filme und Musik einsetzt.

MIX
Papier aus verantwortungsvollen Quellen
FSC® C083411

Internet: www.scmedien.de; E-Mail: info@scm-verlag.de

Umschlaggestaltung und Illustrationen: Dietmar Reichert, Dormagen
Satz: Katrin Schäder, Velbert
Druck und Bindung: CPI books GmbH, Leck
Gedruckt in Deutschland
ISBN 978-3-417-28661-8
Bestell-Nr. 228.661

Schloss Döster,
in dem die Familie von Frangenberg lebt.

Zorro

eigentlich Sigismund Ottokar Engelhard Dietrich Balduin von Frangenberg, liebt Hip-Hop, aber nicht seine Vornamen.

Tessi

eigentlich Therese Amalie Dorothea Kunigunde von Frangenberg, ist die jüngere Schwester von Zorro und ein Computergenie.

Backe

eigentlich Caspar-Melchior-Balthasar Huber.
„Meine Eltern haben sich in der Grundschule beim Krippenspiel kennengelernt. Mein Vater war der Melchior und meine Mutter die Maria. Tja, ich darf das jetzt ausbaden."

Montag

eigentlich Kwadwo Yeboah.
„In Gambia ist es nicht unüblich, dem Kind als Vornamen den Wochentag zu geben, an dem es geboren wurde. In der Landessprache meiner Eltern heiße ich dann Kwadwo. Das heißt Montag."

Lilly

eigentlich Otilia-Walburga Lehmann. „Ich hätte nie gedacht, dass ich mal jemanden treffe, den es noch härter als mich erwischt hat. Wir haben schon überlegt, ob wir vielleicht den Club der blöden Vornamen gründen sollten."

Zorro, Backe, Montag und Lilly gehen in die 8. Klasse in Bad Trekelsingen. Die Freunde wohnen in **Dösterfelde.**

Inhalt

1. Die Pressekonferenz

„Klick“, machte es und ein greller Blitz erhellte den Raum und dann noch einmal: „klick“. Zorro hielt sich die Hand schützend vor die Augen und blinzelte.

„Bitte noch einmal hierher, Herr von Frangenberg“, sagte eine junge Frau mit einem freundlichen Lächeln, in deren kurzen, blonden Haaren eine Sonnenbrille steckte. Um ihren Hals baumelte eine schwere, schwarze Kamera. Zu ihrer Rechten wartete ein Mann im Anzug, der in der einen Hand ein Mikrofon hielt und in der anderen einen Schreibblock. Hinter den beiden drängten sich weitere Kameraleute und Journalisten. Manche hielten Diktiergeräte in den Händen, andere schulterten schwere Kameras und wieder andere standen mit Block und Stift dazwischen und schrieben alles mit, was Zorro und sein Vater sagten.

„Wie sind Sie den Tätern auf die Spur gekommen?“, rief eine Journalistin aus einer der hinteren Reihen. „Hatten Sie keine Angst?“, rief ein anderer. „Wie kamen die Täter ins Haus?“, wollte eine weitere Reporterin wissen. „Hatten Sie Angst um Ihr Leben?“, rief ein kleiner Herr aus der vorletzten Reihe. „Wie gelang es Ihnen, den Entführern zu entkommen?“, rief jemand, den Zorro nicht erkennen konnte. „Wie werden Sie nun mit Ihrem Ruhm fertig?“, „Stimmt es, dass Sandy Star, die Siegerin der letzten Pop-Show-Staffel, Ihre Freundin ist?“

Zorros Blick sprang von rechts nach links, von oben nach unten. Immer wenn er eine Frage beantworten wollte, wurde eine andere in den Raum geworfen. Sein Vater hatte ihn zwar auf die Pressekonferenz vorbereitet, aber Zorro fühlte sich dennoch unsicher. Die vielen Gesichter, das Blitzlicht und der spürbare Druck sorgten bei ihm für ein flaues Gefühl in der Magengegend. Wäre dies hier eine Bühne bei einem Hip-Hop-Wettbewerb gewesen, es hätte ihm nichts ausgemacht.

Aber vor den Fragen der zahlreichen Journalisten und Reporter fürchtete er sich. Der Raum, in dem sie sich befanden, gehörte zum *Hotel Krone* in Bad Trekelsingen, dem nächsten größeren Ort bei Dösterfelde. Es war ein schlichter Konferenzraum. Auf dem Boden lag ein dunkler Teppich, die Stahlrohrstühle waren in geraden Reihen aufgestellt und an den Seitenwänden hingen schlichte Landschaftsmalereien, die Burgen und Seen der Umgebung von Bad Trekelsingen zeigten.

An der Rückwand gab es zwei Tische, auf denen Gläser, einige Flaschen mit Wasser und Limonade sowie ein paar Knabbereien angerichtet waren. Zorro und seine Freunde waren schon vor zwei Stunden mit seinem Vater gekommen und hatten alles vorbereitet.

Dabei hatten sie die Hotelbediensteten dabei beobachtet, wie diese Kaffee, Tassen und Kekse auf Servierwagen in den Raum gebracht hatten und dann auf jedem Stuhl jeweils einen Block und Stift für die Reporter verteilt hatten. Am Schluss nahm Zorros Vater alles in Augenschein und versicherte dann dem Oberkellner, dass er sehr zufrieden damit war.

Wieder erhellte ein Blitz den Raum und Zorro bemerkte, wie weitere Journalisten hereinkamen.

„Wie lebt es sich als Held in einem so beschaulichen Ort wie Dösterfeld?“, fragte die junge Reporterin mit der blonden Kurzhaarfrisur und hielt ihm nun ein Mikrofon vor den Mund.

„Dösterfelde!“, antwortete Zorro, „es heißt Dösterfelde.“

„Aha“, sagte die Frau teilnahmslos ohne ihn wirklich anzusehen.

„Und ich bin kein Held!“, setzte Zorro nach.

„Meinst du nicht, dass man dir das als falsche Bescheidenheit auslegen könnte?“, fragte nun der Mann mit dem Block. Bevor Zorro darauf reagieren konnte, wurde er von einem erneuten Blitzlicht geblendet.

„Wo glaubst du, dass die Bilder versteckt sind?“, rief eine Journalistin aus einer der hinteren Reihen.

„Ich weiß es nic…“, weiter kam Zorro nicht, denn plötzlich drängelte sich ein korpulenter Mann nach vorn, dem ein hagerer Mann folgte, auf dessen Schulter eine Kamera lag.

„Diephagen, Regional-Aktuell-TV“, stellte er sich knapp vor und schob dann seinerseits Zorro ein Mikrofon unter die Nase. „Was sagst du zu den Vorwürfen, dass du die Bilder längst gefunden hast und es bisher nur verschweigst?“

„Jetzt reicht es“, sagte auf einmal eine markante, männliche Stimme, die Zorro nur allzu gut kannte. Dann spürte er, wie sich die Hand seines Vaters auf seine Schulter legte. Zorro war erleichtert.

„In wenigen Minuten beginnen wir mit der Pressekonferenz. Dann können Sie all Ihre Fragen stellen. Ich verbitte mir aber solcherlei Unterstellungen wie die gerade vorgebrachte. Wir sind hier, um ein Buch vorzustellen, nicht um ein Verbrechen aufzuklären."

Damit führte ihn sein Vater in Richtung des Podestes, das am Kopfende des Raumes aufgebaut war. Auf dem Podest standen zwei Tische und dahinter sechs Stühle. Während Zorro und sein Vater sich durch die wartenden Reporter drängten, bemerkte Zorro aus dem Augenwinkel schon Lilly, Backe und Montag. Sie lächelten ihm zu und schlossen sich ihnen an. Dann bestiegen alle das Podest. Zorro und sein Vater setzten sich in die Mitte und die drei Freunde platzierten sich um sie herum. Die wartenden Reporter und Journalisten nahmen nun auf den zahlreichen Stühlen vor dem Podest Platz. Als alle saßen, bemerkte Zorro, dass auf dem Podest noch ein Platz frei war. Allerdings stand dort kein Stuhl. Und dann sah er seine Mutter, die Tessi hereinschob. Tessi war Zorros jüngere Schwester, die seit ihrer Geburt von der Hüfte abwärts gelähmt war. Kaum erreichten seine Mutter und Tessi das Podest, sprangen zwei Herren in dunklen Anzügen zu ihnen und halfen den Rollstuhl auf das Podest zu heben. In diesem Moment leuchteten wieder zahllose Blitzlichter auf und tauchten den Raum in ein unwirkliches, grelles Licht. Dazwischen riefen die Reporter Tessi Fragen zu, die aber im allgemeinen Geraune und Geflüster untergingen. Kaum stand sie auf dem Podest, übernahm Tessi behände die Kontrolle über den Rollstuhl und rollte schwungvoll an den freien Platz neben Montag. Nun beruhigte sich der Saal, die Blitzlichter wurden weniger, die aufgeregten Zwischenrufe verstummten. Als es ruhig genug geworden war, räusperte sich Zorros Vater deutlich hörbar und zog das Tischmikrofon näher zu sich heran.

„Ich denke, dass wir dann vollzählig sind“, sagte er und sah noch einmal die Tische entlang. „Somit können wir also mit der Pressekonferenz beginnen. Im Namen des Frangenberg-Verlages möchte ich Sie alle recht herzlich willkommen heißen. Wir sind heute hier, um Ihnen das Buch *„Das weiße Z und ein Schloss voller Lügen“* vorzustellen. Es basiert auf tatsächlichen Erlebnissen meines Sohnes Zorro sowie seiner Freunde Lilly, Montag und Backe und natürlich meiner Tochter Tessi.“

„Ihr Sohn heißt wirklich Zorro?“, rief eine Stimme aus der Menge.

„Nein, ich meine natürlich Sigismund Ottokar Engelhardt Dietrich Balduin von Frangenberg und seine Freunde Kwadwo, also Montag, Otilia-Walburga, genannt Lilly und Caspar-Melchior-Balthasar, genannt Backe.“ Nachdem sein Vater ihre Namen genannt hatte, herrschte ungläubiges Schweigen im Raum. Zorro wünschte sich in diesem Moment, dass sich der Boden unter ihm auftun möge. Er konnte seinen Namen nicht ausstehen und Lilly und Backe ging es ebenso. Was hatten sich ihre Eltern nur dabei gedacht? Warum hatten Sie ihm keinen normalen Namen geben können? Daniel, Matthias, Florian oder Oliver? Nein, Sigismund Ottokar Engelhardt Dietrich Balduin – er war doch kein Kreuzritter! Zorro wusste, dass er diesen Namen dem Adelstick seiner Mutter zu verdanken hatte. Sie liebte alles, was mit der Geschichte der Familie von Frangenberg zu tun hatte, und so hatte sie ihm kurzerhand sämtliche Vornamen der wichtigsten Vorfahren verpasst. Gerade mahnte sich Zorro, sich wieder auf die Pressekonferenz zu konzentrieren, als er bemerkte, dass die Reporter bereits woanders hinblickten.

Sie sahen alle auf Tessi, die rot anlief und mehr schlecht als recht versuchte den neugierigen Blicken zu entgehen.

„Fangen wir also mit Ihren Fragen an", sagte Zorros Vater und ließ seinen Blick über die Reihen mit Reportern und Journalisten gleiten. Sofort erhob sich eine Frau mit langen dunklen Haaren, die einen hellen Mantel trug und auf deren Nasenspitze eine Lesebrille prangte. Sie schob die Brille zurück, warf noch einen kurzen Blick auf ihre Notizen und wandte sich dann an Zorro: „Darf ich Du sagen?", fragte sie und fuhr fort, als Zorro nickte: „Also, die Geschichte hast du so erlebt, richtig?"

Zorro nickte.

„Hast du, während du mit den Entführern in Kontakt warst, irgendeinen Hinweis auf das Versteck der Bilder bekommen?", fragte sie.

„Nein, absolut nicht", antwortete Zorro. „Sie haben mir gegenüber die Bilder nie erwähnt. Ich wusste ja auch noch nichts von den Bildern."

„Haben Sie inzwischen mit Ihrem Bruder sprechen können?", fragte die Reporterin nun Zorros Vater.

„Nein, wir haben bisher keinen Kontakt gehabt", sagte dieser.

Nun erhob sich ein kräftiger Mann mit Glatze und einem gewaltigen Bauch. In seinen riesigen Händen schienen sein Block und sein Stift fast zu verschwinden.

„Glauben Sie, dass die Bilder bei Ihnen im Schloss versteckt sind?", fragte er an Zorros Vater gewandt. Doch dieses Mal war es Zorro, der die Frage beantwortete: „Wir wissen es nicht. Gefunden haben wir nichts. Es gibt auch keinerlei konkrete Hinweise darauf, dass die Bilder bei uns im Schloss versteckt sind."

„Aber stimmt es nicht, dass es dein Onkel Ludwig gewesen ist, der deinen Eltern den Tipp mit dem Schloss gegeben hat? Stellst du da keinen Zusammenhang her?"

„Ich verstehe die Frage nicht", antwortete Zorro und sah zu seinem Vater.

„Ich weiß nicht, was Sie damit andeuten wollen", sagte Zorros Vater in Richtung des Reporters. „Aber wir haben keinen Anlass zu glauben, dass die Bilder sich im Schloss befinden."

„Dem schließe ich mich an", kam auf einmal eine Stimme von der Seite. Zorro kannte diese Stimme. Er sah in die Richtung und erblickte Herrn Jansen, den Versicherungsdetektiv der Global-Metropol-Versicherung. In seinem Gesicht prangten noch immer der dunkle Vollbart und die wuchtige Brille. Nur trug er dieses Mal keinen Trenchcoat, sondern ein dunkles Jackett und Jeans. Er stand unweit der Eingangstür. Als die Gesichter der Journalisten sich ihm zuwandten, begann Herr Jansen zu erzählen und Zorro merkte, wie er in seinen Gedanken zu den Ereignissen zurückkehrte, die sich vor gerade einmal neun Monaten in Dösterfelde zugetragen hatten.

Er erinnerte sich an den Umzug aus Hamburg nach Dösterfelde, an die ersten Tage und seine Gefühle. Wie hatte er den Umzug gehasst. Aus der brodelnden Großstadt, in der alles immer in Bewegung zu sein schien, in das beschauliche Dösterfelde, in dem der Hahnenschrei am Morgen und das Läuten der Kirchturmglocken die täglichen Höhepunkte markierten. Und alles nur wegen seiner Schwester Tessi, für die das Leben als Rollstuhlfahrerin in der Großstadt zu viele Hindernisse bereithielt. Seine Eltern hofften, dass das Leben auf dem Land für Tessi mehr Möglichkeiten bieten würde. Schließlich konnte sie in Dösterfelde allein umherfahren, ohne auf den Großstadtverkehr achten zu müssen oder vor defekten U-Bahn-Aufzügen zu stehen. In Dösterfelde bestand die größte Gefahr darin, durch einen Kuhfladen zu fahren, oder dass Frau Babel von der Käserei Tessi mit ihren Geschichten zu Tode langweilen würde. Es gab keine steilen Treppen, keine Aufzüge, kaum Kantsteine und die wenigen Traktoren im Ort fuhren so langsam, dass Tessi ihnen problemlos ausweichen konnte. Nicht zuletzt bot ihr neuer Wohnsitz Tessi ungeahnte Möglichkeiten. Hatten sie in Hamburg noch in einer großen Altbauwohnung gewohnt, nannte Zorros Familie nun ein ganzes Schloss ihr Eigen. Es lag etwas abseits des Ortes auf einer Anhöhe, umgeben von einem großen Garten, in dem steinalte Kastanien und Eichen wuchsen. Daneben gab es einen Springbrunnen und eine weitläufige Kiesauffahrt, die die Besucher direkt vor die großzügige Freitreppe führte. Neben der Kiesauffahrt hatten ihre Eltern extra einen geteerten Weg anlegen lassen und neben der Freitreppe verlief eine Fahrstuhlrampe, sodass Tessi sich völlig frei bewegen konnte. Im Schloss konnte Tessi alle Etagen mit einem Fahrstuhl erreichen. Einmal oben boten die großen Säle und breiten Galerien beste Bedingungen für einen Rollstuhlfahrer. Ganz anders als das enge Treppenhaus in Hamburg.

Dennoch hatte Zorro bereits am ersten Tag in Dösterfelde beschlossen, so schnell es ging wieder nach Hamburg zu kommen. Und dann hatte sich die ganze Sache mit dem Wettbewerb ergeben und er hatte sich auf den Weg nach Hamburg gemacht. Alles war schließlich in der Geschichte geendet, wegen der er nun hier saß und den anwesenden Journalisten Rede und Antwort stand. Er war eine Berühmtheit geworden. Allerdings nicht als Hip-Hop-Star.

„Stimmen Sie der Darstellung von Herrn Jansen zu?“, fragte der Reporter mit dem Block.

„Was, was?“, stammelte Zorro geistesabwesend und nickte dann eilig.

„Das heißt also, aus dem Buch *Ein Schloss voller Lügen* werden wir nichts über den Verbleib der Bilder erfahren?“, fragte die Journalistin mit der Kurzhaarfrisur.

„Nein“, sagte Zorros Vater. „Es ist eine Abenteuergeschichte für Kinder, kein Enthüllungsroman. Das Spannende daran ist, dass es eben eine wahre Geschichte ist. Das *Weiße Z* gibt es wirklich. Es sitzt hier vor Ihnen. Diese fünf Kinder haben die Ganoven zur Strecke gebracht. Ganz allein, ohne die Hilfe der Polizei.“

„Na ja, fast“, schränkte Zorro ein. Er erinnerte sich an den Moment, als er fast von einem der Gangster entdeckt worden wäre. Er mochte sich nicht vorstellen, was passiert wäre, wenn die Polizei nicht rechtzeitig zur Stelle gewesen wäre. Für einen Augenblick spürte er, wie sich sein Herz zusammenzog.

Dann folgten einige Fragen der Journalisten, die sich direkt mit dem Buch befassten. Zorro hörte seinem Vater zu, wie er routiniert jede Frage beantwortete und das Buch *Das weiße Z und ein Schloss voller Lügen* immer wieder in die Kameras hielt. Nach weiteren dreißig Minuten war die Pressekonferenz beendet. Viele der Journalisten verließen den Raum so schnell es ging, manche Teams kamen aber auch noch einmal zu Backe, Tessi, Lilly, Montag und Zorro und baten, weiter Fotos machen zu dürfen.

Dabei bemerkte Zorro eine Frau. Sie mochte vielleicht Mitte fünfzig sein. Sie trug eine rote Kostümjacke und dazu einen roten Rock und schwarze Stiefel. Auf ihrem Kopf prangte eine schwarze Baskenmütze, unter der ein weißblonder Zopf hervorlugte. Sie lehnte an der Rückwand des Raumes und hielt eine schwarze Handtasche umschlungen. Ihr Blick wich nicht von der Bühne, auf der Zorro und seine Freunde saßen. Zorro wusste nicht, wie er den Blick der Frau einordnen sollte. War sie eine Journalistin? Oder war sie nur aus Neugierde gekommen, um die Buchpräsentation zu beobachten? Zorro konnte sich nicht helfen, aber die Frau sah nicht aus wie eine Reporterin. Auch hielt sie keinen Stift oder Block und auch kein Diktiergerät in ihren Händen. Zorros Blick fiel erneut auf die Handtasche, die sie mit beiden Armen umklammerte. Es schien, als befände sich etwas sehr Wertvolles in der Tasche. Zorro überlegte kurz, ob er zu ihr gehen sollte.

Aber die Gruppe der Reporter und Journalisten umringte ihn immer noch. So sah Zorro keine Möglichkeit, von der kleinen Bühne zu kommen. Erneut bemerkte er, dass die Frau ihn nicht aus den Augen ließ. Was wollte sie hier? Dann plötzlich öffnete sie die Handtasche und zog etwas heraus. Es war klein und weiß. In etwa so groß wie eine Streichholzschachtel. Sie hielt es für einen Moment zwischen Daumen und Zeigefinger. In diesem Moment trafen sich ihre Blicke. Sah sie ihn wirklich direkt an? Zorro wandte den Blick ab. Dann sah er wieder zu ihr. Sie hielt ihren Blick immer noch auf ihn gerichtet. Nun ließ sie die Hand, in der sie den weißen Gegenstand hielt, sinken. Dann ließ sie den Gegenstand fallen, nicht ohne sicherzugehen, dass Zorro sie dabei beobachtete.

„Ist was?“, hörte Zorro die Stimme von Lilly neben sich. Er drehte sich um und sah, dass sie sich neben ihn geschoben hatte. Sie trug ihre blonden Haare zu einem Zopf gebunden und es schien für Zorro, dass in Lillys Gesicht noch mehr Sommersprossen prangten, seit er sie zum letzten Mal gesehen hatte. Sie trug ein weißes T-Shirt, das sie offenbar von einem Besuch in London mitgebracht hatte, Jeans und Stoffturnschuhe.

„Ich weiß nicht", flüsterte Zorro in Lillys Richtung, „aber die Frau da hinten an der Wand sieht mich die ganze Zeit an."

„Vielleicht findet sie dich schön?", witzelte Lilly und zog die Augenbrauen hoch.

„Quatsch!", sagte Zorro. „Ich meine, sie sieht mich an, als wäre irgendetwas an mir nicht in Ordnung."

„Lass mich mal sehen", sagte Lilly und beugte sich zu Zorro und musterte ihn. „Also nein, du hast keine Essensreste zwischen den Zähnen und dir klebt auch nichts auf der Nase", sagte sie und lächelte.

„Mann, wann ist das denn endlich zu Ende", sagte plötzlich Montag, der sich an zwei Reportern vorbei zu Zorro und Lilly vorgekämpft hatte. Die Journalisten gruppierten sich nun um Backe, der die Aufmerksamkeit sichtlich genoss.

„Wieso, gefällt dir der Rummel nicht? Du bist jetzt berühmt!", sagte Lilly und legte ihren Arm um Montags Schultern.

„Berühmt", wiederholte Montag fast verächtlich. „Die wissen nicht einmal, wie ich heiße. ‚*Hallo Montag, wie hast du denn die Entführung deines Freundes erlebt und stimmt es, dass du ihn in einer Höhle, die sich unter deiner Villa befindet, versteckt hast?*'", äffte Montag eine Reporterfrage nach.

Zorro und Lilly mussten lachen.

Montag zog sich seine Baseballkappe ins Gesicht und nickte den beiden zu. „Ich bin dann mal weg“, sagte er und bahnte sich einen Weg durch die Reporter.

Zorro sah ihm kurz nach. Dann fiel sein Blick wieder auf die gegenüberliegende Wand. Die Frau war verschwunden. Eilig erhob Zorro sich, um über die Köpfe der Reporter gucken zu können. Aber er konnte die Dame nicht mehr sehen. Sie hatte den Raum verlassen. Zorro schob den Stuhl, auf dem er gesessen hatte, zur Seite und drängte sich an zwei der Journalisten vorbei. Dabei wollte der eine Zorro noch eine Frage stellen, aber Zorro wich ihm aus. Nachdem er sich noch an drei weiteren Personen vorbeigeschoben hatte, gelang es ihm aus der Menschentraube auszubrechen, die sich noch immer um das Podium versammelt hatte. Er bemerkte im Vorbeigehen, wie Backe gerade einer Reporterin noch einmal die Geschichte erzählte, wie sie die Entführer mithilfe der Bettlaken überwältigt hatten. Dann sprang Zorro von der kleinen Bühne und blickte sich im Raum um. Nein, von der Frau war absolut nichts mehr zu sehen. Sie war verschwunden. Etwas unentschlossen, was er unternehmen sollte, ging Zorro durch den Raum, vorbei an den leeren Stuhlreihen. Einige der Journalisten hatten das kostenlose Freiexemplar des Buches *Das weiße Z und ein Schloss voller Lügen* zurückgelassen und Zorro fand auch einige der Einladungen auf dem Boden, die sein Vater an die Redaktionen verschickt hatte. Und dann fiel sein Augenmerk auf einen weißen Papierschnipsel, der genau dort lag, wo die Frau gestanden hatte. Zorro machte einige Schritte darauf zu. Sicherlich war es nichts Wichtiges. Vielleicht nur ein alter Einkaufszettel. Oder eine unwichtige Notiz. Doch dann erkannte Zorro, dass es sich nicht um einen Zettel handelte. Es war eine Visitenkarte. Vielleicht war es die Visitenkarte der Frau? Würde er nun erfahren, wer sie war, und vielleicht auch, warum sie ihn so angesehen hatte? Zorro bückte sich und hob die Karte auf. Als er den Text las, war er erstaunt. Es war kein Frauenname, der dort stand. Vielmehr war es die Karte eines Geschäftes. ‚*Balduin Goldacker, Kunstmaler, Galerie, Poststraße 2, 5002 Muebeck*'. Noch einmal las Zorro die Karte und dann war es, als würde sein Herz für eine Sekunde stehen bleiben. ‚*Goldacker*' las er erneut. Goldacker – das war der Name, der auf dem Plakat mit dem vermissten Kind gestanden hatte. Der Name, von dem Zorro angenommen hatte, dass es sein richtiger Name war und der ihn in die Arme der Entführer getrieben hatte. Vor seinem geistigen Auge sah Zorro das Poster mit dem Bild, das ihn zeigte. Später hatte sich herausgestellt, dass das Poster eine Fälschung war. Aber nun sah er diesen Namen hier erneut: Goldacker. Wie passte das zusammen?

„Ist was?", hörte er wieder Lillys Stimme und bemerkte im selben Moment, wie sie sich über seine Schulter beugte.

„Ich habe diese Karte hier gefunden", sagte Zorro. Lilly las den Text und machte dann ein Geräusch, das nach Erstaunen oder Überraschung klang.

„Goldacker, den Namen kenne ich doch", sagte Lilly und überlegte einen Moment. „Klar, das war doch der Name auf dem Plakat, auf dem du als vermisst gemeldet wurdest, oder nicht?"

„Genau!", sagte Zorro.

„Von wem hast du die Karte?", fragte Lilly und nahm sie Zorro aus der Hand.

„Ich habe sie dort gefunden", sagte er und deutete auf die Stelle, an der die Karte gelegen hatte.

„Aber die ganze Geschichte mit deiner Entführung … ich meine, das passt doch nicht", sagte Lilly und sah erneut auf die Karte in ihrer Hand.

Zorro nickte.

„Alles in Ordnung?", fragte Montag, der sich, mit einer Limonade in der Hand, zu ihnen gesellte.

„Das hat Zorro gerade gefunden", sagte Lilly und reichte Montag die Visitenkarte. Montag erkannte sofort, worauf Lilly und Zorro hinauswollten. „Dann ist die ganze Geschichte also doch noch nicht zu Ende?", sagte Montag mehr zu sich selbst als zu seinen Freunden.

„Sieht so aus", sagte Zorro und sah erneut zum Podest. Mehr und mehr Journalisten packten ihre Sachen zusammen und verließen den Raum.

Nur noch eine Handvoll Reporter stand um Backe geschart und lauschte seinen Ausführungen. Zorros Vater war ebenfalls aufgestanden und begann seine Unterlagen zusammenzupacken. Jemand hatte den Beamer bereits ausgeschaltet, der das Cover-Bild des Buches an die Wand hinter dem Podest geworfen hatte. Von irgendwoher drang leise Musik zu Zorro und einige wenige Journalisten standen an dem Tisch, auf dem es Getränke und Knabbereien gab.

„Haben wir irgendeine Ahnung, wem die Karte gehören könnte?", fragte Montag und sah abwechselnd zu Lilly und Zorro.

„Nein, keine", sagte Zorro. „Also vielleicht doch, meine ich. Hier war so eine Frau. Ich kenne sie nicht, aber sie hat mich so seltsam angesehen."

„Was meinst du damit?", fragte Montag.

„Weiß nicht, aber irgendetwas an ihr war seltsam. Ich kann es nicht genau sagen."

Nun lösten sich auch die letzten Reporter vom Tisch mit den Erfrischungen und gingen aus dem Raum. Auch bei Backe stand inzwischen niemand mehr. Zorros Vater unterhielt sich mit einem Angestellten des Hotels. Jetzt erhob sich Backe, zog seinen Hosenbund hoch und stieg von dem Podest. Währenddessen halfen Zorros Mutter und zwei der Bediensteten Tessi herunter. Backe trug einen Kapuzenpulli, eine weite Hose, Turnschuhe und seit Neuestem einen langen Zopf. Seine runden Backen glänzten und ließen seine kleinen Augen noch kleiner erscheinen. Mit einem breiten Grinsen kam er zu ihnen herüber. Als er in Hörweite war, hob er seine massige rechte Hand und klatschte sich mit der Luft ab.

„Na, war das nicht riesig", sagte er nun mit noch breiterem Grinsen, sodass seine kleinen, dunklen Augen fast ganz hinter seinen glänzenden Pausbacken verschwanden.

„Fandest du?", fragte Montag verwundert.

„Na, logisch!", sagte Backe. „Ich meine, hey, morgen sind wir in allen Zeitungen zwischen Cemmenraden und Bad Trekelsingen. Der Mann vom ‚Format' hat mir gesagt, dass er die Geschichte schon bundesweit erscheinen sieht. Und dann erst die Frau von ‚BILD-News' – die meinte, dass sie die Geschichte auf Seite eins bringen will! Sie hat mir sogar schon die Schlagzeile verraten", sagte Backe und sah seine Freunde schelmisch an.

„Ja, und?", fragte Lilly. „Jetzt spann uns doch nicht auf die Folter!"

„Wow Backe!", sagte Backe und strahlte übers ganze Gesicht.

„Wow Backe?", wiederholte Montag kopfschüttelnd. „Was soll das denn heißen?"

„Na es klingt eben wie ‚Au Backe', aber eben in diesem Fall ‚Wow Backe'", sagte Backe. Er klang enttäuscht, dass seine Freunde sich seiner Begeisterung nicht anschlossen.

„Aha", sagte Lilly und zuckte mit den Schultern. „Ich weiß zwar nicht, was das mit unserer Geschichte zu tun haben soll, aber wenn die Frau meint."

„Ey, jetzt sei mal nicht so. Immerhin habe ich die Polizei geholt! Wenn die nicht rechtzeitig gekommen wären, dann hätte Zorro ganz schön alt ausgesehen."

„Ich glaube, der liebe Backe hebt nun ganz schön ab", neckte Lilly und grinste.

„Gar nicht!", sagte Backe beleidigt.

„Bei dem Gewicht wird das auch nichts mit dem Abheben", warf Montag ein und knuffte seinen Freund.

„Jetzt werd mal nicht unverschämt, ja?“, sagte Backe, musste aber auch grinsen.

„Dann hoffen wir einmal, dass die Journalisten sich nicht zu früh gefreut haben“, sagte Zorro und sah zu seinen Freunden.

„Was meinst du?“, fragte Backe und holte einen Schokoriegel aus seiner Hosentasche hervor.

„Zorro hat diese Visitenkarte gefunden“, erklärte Lilly und reichte sie Backe, der einen Blick drauf warf und nur mit den Schultern zuckte.

„Ja, und?“ Backe sah zu Lilly.

„Erkennst du es nicht?“

„Nein, was meint ihr?“

„Nein“, sagte Lilly. „Der Name! Goldacker – das war doch genau der Name, der auf dem Poster mit dem angeblich vermissten Zorro stand.“

„Stimmt!“, sagte Backe nun und schlug sich mit der flachen Hand gegen die Stirn. „Und die lag hier einfach so rum?“

Zorro nickte und erzählte dann von der Frau.

„Meine Güte, sieht so aus, als ginge die Geschichte noch weiter“, sagte Backe und reichte die Visitenkarte wieder an Zorro zurück.

„Na ja, bis die Bilder gefunden sind auf jeden Fall“, meinte Zorro.

„Ja, sieht so aus, als ob das alles ist, was die Leute interessiert: Wo stecken die Bilder?“, sagte Lilly.

Zorro nickte und sagte dann: „Ich habe meinem Onkel in Brasilien geschrieben.“

„Und!?“, fragte Montag gespannt.

„Nichts bisher – mal sehen, ob er antwortet. So lange müssen wir uns wohl gedulden.“

„Das sehe ich auch so“, sagte Herr Jansen, der sich ganz unbemerkt zu den Vieren geschlichen hatte. Vor sich schob er Tessi, die zufrieden in die Runde lächelte.

„Haben Sie wirklich noch Lust sich mit den Bildern zu beschäftigen?“, fragte Backe und biss vergnügt in seinen Schokoriegel.

„Ich muss“, sagte Herr Jansen. „Aber ich mache es auch gern. Unsere Versicherung hat schließlich sehr viel Geld für die Bilder gezahlt und nun müssen wir sie wiederfinden. Aber es wird sicherlich nicht einfach.“

„Glauben Sie denn nicht, dass die Bilder im Schloss sind?“, mischte sich Tessi nun ein. Zorro warf seiner Schwester ein Lächeln zu.

„Wie ich sagte, haben wir dafür keinen konkreten Anlass. Aber die Tatsache, dass euer Onkel euren Eltern den Kauf des Schlosses empfohlen hat, ist sicherlich bemerkenswert. Nur ist das alles, was wir haben.“

„Ich habe meinem Onkel geschrieben“, sagte Zorro ruhig.

Herr Jansen nickte. „Ja, das habe ich gehört, als ich eben zu euch stieß. Glaubst du, dass er dir antworten wird?“

„Keine Ahnung“, antwortete Zorro. „Onkel Ludwig war immer schon etwas anders. Aber ich wollte ihm zumindest von der ganzen Sache erzählen. Ohne ihn wäre das Ganze schließlich nicht passiert.“

Alle in der Runde nickten.

„Dann warten wir einmal ab, ob er sich meldet", sagte Herr Jansen und seufzte. „Gut, ich mache mich dann auch auf den Weg. Also, ich wünsche euch alles Gute für das Buch. Hoffentlich findet es viele Leser!"

„Das hoffe ich auch", sagte Zorros Vater, der plötzlich neben Herrn Jansen aufgetaucht war. „Wir starten morgen die große Marketingkampagne in den Buchläden und die heutige Pressekonferenz hilft sicherlich auch!"

„Na, dann alles Gute!", sagte Herr Jansen noch einmal und verabschiedete sich. Die fünf Kinder sahen ihm nach, bis er den Raum verlassen hatte.

„Also, ich denke, wir können dann", sagte Zorros Vater. Zorro sah seine Mutter in der Eingangstür stehen. Sie lächelte ihm zu. Dann ließ Zorro die Visitenkarte in der Hosentasche verschwinden und sagte: „Gut, gehen wir."

2. Der seltsame Brief

Die nächsten Tage verliefen ereignislos. Zorros Vater hatte sich in seinem Büro verbarrikadiert. Dort saß er hinter einer Mauer von Büchern und Manuskripten im Lichtkegel einer alten Schreibtischlampe. Nur gelegentlich telefonierte er mit dem Büro in Hamburg. Er ließ sich von dort berichten, wie die Verkäufe des Buches vom *Weißen Z* liefen. Am Grinsen, das er allabendlich am Abendbrottisch aufsetzte, erkannte Zorro nur, dass es gut ging.

„Ja, das kann man sagen", verkündete Zorros Vater. Er griff die Serviette und das Besteck, stopfte einen Zipfel der Serviette in seinen Hemdkragen und fischte sich dann mit der Gabel eine Weißwurst aus der Terrine. Natürlich wussten die von Frangenbergs, dass es diese bestimmte Wurstsorte in Süddeutschland, wo sie herkam, nur vormittags gab. Später am Tag sei sie „nicht mehr frisch", hieß es. Trotzdem war sie für die Familie zu einem beliebten Abendessen geworden und nicht einmal Zorros Mutter störte sich noch an dem offensichtlichen „Stilbruch".

Mit der anderen Hand nahm Johann von Frangenberg eine Brezel und suchte dann den Tisch nach dem süßen Senf ab, den er so liebte. Zorros Mutter lächelte nur und warf ihren Kindern einen verschwörerischen Blick zu.

„Stellt euch vor, die Omega-Buchläden haben heute noch einmal zweitausend Exemplare geordert und Guldenstubel will sogar noch Aufsteller und Poster haben. Sie werden direkt am Eingang in allen Filialen große Türme aus den Büchern bauen. Also, wenn mich meine Erfahrung nicht täuscht, dann wird das ein Bestseller!"

„Wow!", sagte Tessi und biss in eine Brezel.

„Klingt gut", sagte Zorro. „Von den Tantiemen bekomme ich dann das neue Heimstudio?"

„Ja, mein Sohn", sagte Zorros Vater und schnitt die Weißwurst auf. „Äh, was hast du gesagt?"

„Na, dass ich doch von den Einnahmen sicherlich ein tolles Heimstudio kaufen kann. Das Studio, das ich mir dann im Probenraum im Keller einrichte", erklärte Zorro und biss nun seinerseits genüsslich etwas von seiner Wurst ab.

Sein Vater sah unsicher über den Tisch zu Zorros Mutter. Diese lächelte nur, und zuckte mit den Schultern.

„Schließlich habt ihr mir versprochen, dass ich mir da unten im Keller ein Studio einrichten darf", sagte Zorro und tunkte das Messer in das Senfglas.

„Ja", sagte sein Vater unsicher. „Also ..."

„Und ohne mich gäbe es das Buch ja auch nicht."

„Ohne mich auch nicht", warf Tessi ein und wartete auf die Reaktion ihres Vaters.

„Also Tantiemen wollt ihr?", fragte Zorros Vater vorsichtig.

„Ja, oder wie heißt das, was man von den Verkäufen von Büchern bekommt?"

„Ja, mmh", sagte Zorros Vater. Er rieb sich mit dem Handrücken über die Stirn und sah dabei gedankenverloren auf den gedeckten Abendbrottisch.

„Keine Sorge, Papa", sagte Zorro. „Ich bin mit 50 Prozent absolut einverstanden."

„50 Prozent!", entfuhr es Zorros Vater. Und dann mussten alle am Tisch lauthals loslachen. Als sich sein Vater wieder gefangen hatte, nickte er und sagte: „Klar, wir haben das mit dem Probenraum besprochen. Da finden wir bestimmt eine gute Lösung."

„Tja, wenn nicht, muss ich Onkel Ludwig fragen", meinte Zorro. „Wenn er mir verrät, wo die Bilder sind, dann kann ich das bestimmt auch zu Geld machen."

„Ach", sagte Tessi. „Woher kommt denn auf einmal diese Gier bei meinem Bruder?!"

„Gier?", fragte Zorro entsetzt. „Ich bin doch nicht gierig!"

„Tessi hat recht. Seit ein paar Minuten redest du nur über Geld. Ist das wirklich das Wichtigste?", fragte seine Mutter.

Zorro war verunsichert. Er fühlte sich ertappt. Natürlich war Geld nicht das Wichtigste. Überhaupt nicht. Aber er hatte eben Wünsche. Zorro musste an die Abende der letzten Monate denken. Nach seiner Entführung hatte Tessi ihm anvertraut, dass sie in Hamburg oft in die Kirche gegangen war. Zorro war darüber erstaunt, aber auch erfreut. Erstaunt, weil er eigentlich dachte, dass er und Tessi sich alles anvertrauten und sie ihm nie davon erzählt hatte. Erfreut war er, weil er im Verlauf seiner Entführung ein Erlebnis gehabt hatte, das er sich nicht wirklich erklären konnte. Als er bei den Entführern im Auto saß, war er plötzlich von einer Kraft erfasst worden. Es war eine Kraft, die ihn wie eine schützende Hand zu umfassen schien. Ströme wohliger Wärme waren durch ihn geflossen. Er hatte sich auf einmal stark und mutig gefühlt. Als hätte jemand hinter ihm gestanden und ihn geführt. Und er hatte eine Stimme vernommen. Keine Stimme wie von einem Menschen, auch keine, die er wirklich gehört hatte. Es war wie eine Stimme gewesen, die ohne zu erklingen zu ihm gesprochen hatte. Er hatte sie einfach in seinem Kopf gehört oder gefühlt. Jemand hatte ihm eingegeben, was er tun sollte, und Zorro hatte dieser Stimme vertraut. Er hatte nicht gewusst, was sie bedeutete und woher sie gekommen war. Aber alles war danach genauso passiert, wie diese Stimme es ihm eingegeben hatte.

Als er Lilly später davon berichtet hatte, war sie ganz aufgeregt gewesen. Immer wieder hatte sie ihn gebeten, ihr davon zu erzählen. Jedes Wort wollte sie hören. Sie war es, die ihn plötzlich gefragt hatte, ob er sich vorstellen könnte, dass es Gott gewesen sei. Und obwohl Zorro selbst schon daran gedacht hatte, traf ihn dieser Gedanke wie ein Schlag. Er, Zorro, der Hip-Hopper, der Junge aus der Großstadt, der mit seinen Freunden um die Häuser zog und an seinem kleinen Mischpult die groovigsten Beats zusammenmischte, sollte mit Gott zu tun haben? Bei „Gott" hatte Zorro immer an alte Kirchen gedacht, in denen steinalte Menschen saßen und uralte Orgelmusik hörten. Mit Glauben hatte das nichts zu tun. Das Einzige, woran Zorro geglaubt hatte, war, dass er eines Tages ein großer Star werden würde. Und dass ein Marmeladenbrot, das herunterfiel, immer auf der Marmeladenseite landete. Aber Gott? Er? – Nie im Leben! Doch dieser Moment im Auto mit den Entführern hatte alles geändert. So mussten sich der Hulk oder Spiderman gefühlt haben, als sie ihre Superkräfte entdeckten. Es war überraschend, ein bisschen unheimlich, aber auch genial. Seitdem war er häufiger mit Lilly, Backe und Montag – und natürlich auch mit Tessi – ins Gemeindezentrum gegangen und hatte sich mit Andreas, dem Pfarrer, getroffen. Der hatte Tessi und ihm geholfen, in der Bibel zu lesen. Und dabei waren sie irgendwann auch an die Stelle mit dem Reichen, dem Kamel und dem Nadelöhr gekommen.

„Ich weiß, eher geht ein Kamel durch ein Nadelöhr …"

„… als dass ein Reicher in das Reich Gottes gelangt", beendete Tessi seinen Satz.

„Ich spreche ja nicht von Reichtümern", verteidigte sich Zorro und steckte sich ein Stück Brezel in den Mund. „Ich möchte ja nur genug für ein Studio."

„Das haben wir verstanden", sagte seine Mutter und öffnete die Wasserflasche. „Wir sagten ja, dass wir dir den Keller als Probenraum zur Verfügung stellen wollen. Aber nun gleich ein Studio? Das ist sicherlich zu teuer."

Zorro sah beleidigt in die Runde. Er hatte ja gar nicht erwartet, dass seine Eltern ihm sofort ein Studio einrichten würden. Aber auf ein wenig mehr Verständnis für seine Wünsche hatte er schon gehofft.

„Lass uns doch erst einmal sehen, dass wir den Raum da unten trocken bekommen", sagte Zorros Vater und nahm sich die zweite Weißwurst.

„Haben wir Feuchtigkeit im Keller?", fragte seine Mutter dazwischen.

„Nein, Papa meint trocken im Sinne von Klang. Studioräume müssen trocken klingen. Es darf nicht hallen."

Zorros Mutter nickte.

„Dafür kann man doch Styropor und Eierkartons und so etwas nehmen, oder nicht?", fragte Zorros Vater.

„Ja, klar", sagte Zorro.

„Gut, Styropor kann ich dir besorgen. Da haben wir im Verlag genug. Eierkartons müssten wir uns von woanders besorgen. Aber dann fängst du damit einmal an. Wenn du fertig bist, sehen wir weiter."

„Ja, das klingt gut", sagte Zorro und war erleichtert.

„Und was bekomme ich?", fragte Tessi und sah abwechselnd zu ihrem Vater und ihrer Mutter.

Ihre Mutter nahm die Serviette von ihrem Schoß, faltete diese sorgfältig und sah dann zuerst zu ihrem Mann und schließlich zu Tessi: „Du, meine liebe Therese, gehst ab dem kommenden Schuljahr auf die staatliche Schule in Bad Trekelsingen."

Tessi holte Luft. Ein Strahlen lag auf ihrem Gesicht. Nichts, so wusste Zorro, hatte seine Schwester sich sehnlicher gewünscht, als endlich mit den anderen Kindern des Ortes zur Schule zu gehen.

Seit sie in Dösterfelde waren, hatte Tessi einen Privatlehrer, der zu ihnen ins Schloss gekommen war. Und Tessi gefiel das gar nicht. Herr Ackermann war zwar nett und sicherlich ein guter Lehrer, aber Tessi wollte unbedingt mit Zorro, Lilly, Backe und Montag auf derselben Schule sein. Nur war das nicht so einfach gewesen. Die Schule in

Bad Trekelsingen befand sich in einem alten Gebäude aus dem 19. Jahrhundert und war für Rollstuhlfahrer nicht geeignet.

„Aber was ist mit den Treppen?“, fragte Tessi daher.

„Dein Vater hat der Schule eine großzügige Spende zukommen lassen. Es reicht, um eine Rollstuhlrampe draußen und einen kleinen Fahrstuhl im Gebäude aufzubauen. Damit kommst du dann überall allein hin“, sagte Tessis Mutter und nun strahlte auch sie.

„Danke!“, sagte Tessi und reichte ihren Eltern jeweils eine Hand über den Tisch. Zorros Vater lächelte milde und Zorro erkannte, dass ihm eine Träne über die Wange lief. Nun schämte er sich für seinen Wunsch mit dem Studio. Momente wie dieser führten ihm immer wieder vor Augen, wie viel er hatte und worauf seine kleine Schwester verzichten musste. Etliches war für ihn selbstverständlich und für Tessi unerreichbar.

Manchmal, wenn er mit Backe und Montag auf dem Bolzplatz neben der Schule kickte, sah er, wie Tessi in ihrem Rollstuhl hinter dem Zaun saß und ihnen zusah. Sie würde nie Fußball spielen können, nie einem Bus nachrennen oder mit einem Drachen an der Leine über eine Wiese laufen können. Und dann hatte er so große Wünsche und seine Schwester wünschte sich nur, endlich auf eine normale Schule zu gehen.

Zorro rückte seinen Stuhl zurück und erhob sich. Seine Mutter warf ihm einen fragenden Blick zu: „Ist alles in Ordnung?“

„Ja, schon“, sagte Zorro, legte seine Serviette neben seinen Teller und sagte, den Blick auf den Boden gerichtet: „Mir ist nicht ganz wohl.“

„Oh“, hörte er seinen Vater sagen. „Die Würste sind aber ganz frisch.“

Zorro drehte sich um und verließ die Küche. Er ging durch den holzgetäfelten Flur und in die große Halle am Eingang. Von dort führte eine große Treppe in den ersten Stock. Zorros Schritte versanken in dem flauschigen, roten Teppich, der über die Treppe lief. Sein Blick blieb nach unten gerichtet. Er lief vorbei an der Ahnengalerie derer zu Dösterfelde und verschwand in seinem Zimmer. Leise ließ er die Tür ins Schloss fallen. Dann ging er zu seinem Bett und legte sich hin. Er verschränkte die Arme hinter dem Kopf und starrte an die Decke, direkt in die tausend Lichter des Kronleuchters, der, umgeben von einem Stuckkranz, von der Zimmerdecke hing. Er seufzte, während er an Tessi dachte. Wieso gelang es ihr, so bescheiden zu sein, und ihm nicht? Und war Tessi überhaupt bescheiden? Dachte sie selbst, dass ihre Wünsche so viel genügsamer waren als seine?

Um sich abzulenken, zog Zorro die Visitenkarte aus seiner Hosentasche. Erneut las er die Adresse: *Balduin Goldacker, Kunstmaler, Poststraße 2, 5002 Muebeck.* Was sollte das bedeuten? Hatte die Frau die Karte womöglich absichtlich zurückgelassen? Sollte er sie finden? Während Zorro darüber nachsann, wurde er auf einmal aus seinen Gedanken gerissen. Es klopfte an der Tür.

„Herein!“, rief Zorro und richtete sich auf. Die Tür wurde geöffnet und Tessi kam herangefahren.

„Na, Bruderherz, worüber grübelst du nach?“, fragte sie mit dem verschmitzten Lächeln, das Zorro an seiner Schwester so liebte. Ihre grünen Augen sahen ihn aufmerksam an.

„Nur hierüber“, sagte Zorro schulterzuckend, wobei er die Visitenkarte zwischen seinen Fingern drehte.

„Es könnte natürlich auch ein Zufall sein“, sagte Tessi und legte den Kopf zur Seite. „Es gibt sicherlich nicht nur eine Familie Goldacker.“

„Klar“, gab Zorro zu, aber er glaubte unter diesen Umständen bestimmt nicht an einen Zufall.

„Was allerdings mit Sicherheit kein Zufall ist, ist dieser Brief, der für dich gekommen ist“, sagte Tessi und zog nun einen weißen Umschlag aus einer kleinen Handtasche hervor, die auf ihrem Schoß lag. Zorro sah gebannt auf den Umschlag.

„Woher hast du den?“, fragte er eilig. „Ich habe die Post gar nicht gehört?“

„Er kam auch schon heute Morgen. Ich habe den Postboten quasi abgefangen, als ich in der Früh rausgefahren bin, um die Fische im Teich zu füttern.“

„Du hast den Postboten abgefangen?“

„Na ja, nicht wirklich. Er kam nur gerade und ich habe ihm angeboten, die Post entgegenzunehmen. Als ich sah, was da für dich gekommen ist, habe ich mich gefreut. Sieht ganz so aus, als gäbe es neue Informationen.“

„Gib her!“, sagte Zorro und ließ seine Hand vorschnellen.

„Wie heißt das?", fragte Tessi.

„Bitte gib mir den Brief", sagte Zorro nun weit freundlicher und lächelte dazu.

„Bitte, hier."

Zorro nahm den Brief und besah sich den Umschlag. Er war schmal und länglich und am oberen Rand klebte ein Aufkleber, auf dem „Air Mail" stand. Auf der Briefmarke war ein bunter Papagei abgebildet, der auf einem Ast saß. Zorro besah sich den kreisrunden Stempelaufdruck, der halb über die Briefmarke und halb über den Umschlag verlief. Die Tinte war leicht verwischt, aber Zorro konnte dennoch erkennen, dass der Brief aus Rio de Janeiro kam. Die Stadt an der Copacabana. Die Stadt, in die sein Onkel Ludwig, nach seiner Entlassung aus dem Gefängnis, verschwunden war. Zorro drehte den Brief um und begann ihn entlang der Klebekante aufzureißen. Zum Vorschein kam ein Brief. Es war nur eine Seite und das Papier war das dünne, bläuliche Papier, das man für Luftpost verwendete. Es war leicht und durchsichtig wie Seidenpapier. Zorro faltete den Brief auf.

„Und?", fragte Tessi neugierig.

„Ja, warte", antwortete Zorro geistesabwesend und ließ seinen Blick über die Zeilen gleiten.

„Er ist nicht von Onkel Ludwig", sagte er leise und las den Brief bis zum Ende.

„Nicht? Aber wen kennst du denn noch in Brasilien?", fragte Tessi neugierig.

„Niemanden", sagte Zorro und ließ den Brief sinken. „Der Brief ist von Onkel Ludwigs Anwalt."

„Sein Anwalt – wozu braucht Onkel Ludwig in Brasilien denn nun schon wieder einen Anwalt?“, fragte Tessi.

„Keine Ahnung“, sagte Zorro.

„Ja, und was steht in dem Brief?“

„Hier, lies selbst“, antwortete Zorro und reichte seiner Schwester den Brief.

Tessi nahm ihn und begann zu lesen:

„Sehr geehrter Herr von Frangenberg,
mein Name ist Luis Ramirez, ich bin der Anwalt Ihres Onkels Ludwig Erhardt Wolfram Franz Josef von Frangenberg. Ihr Onkel bat mich, Ihnen diesen Brief zu senden. Leider ist es ihm zurzeit nicht möglich, persönlich mit Ihnen in Kontakt zu treten. Er lässt Ihnen aber ausrichten, dass es ihm gut geht und er Ihnen oft näher ist, als Sie vielleicht meinen. Außerdem bittet er mich, Ihnen diese Zeilen zu senden:

Oftmals muss man reisen durch die Zeit,
dabei ist das Ziel gar nicht so weit.
Man muss nur schauen zum Firmament,
zu dem Ort, den die Schwalbe ihr Heim oft nennt.

Leider hat er mir nur diese Zeilen hinterlassen, ohne mir etwas Weiteres dazu zu sagen. Somit kann ich Ihnen keinen Hinweis darauf geben, was damit gemeint sein könnte.“

Tessi ließ nun ihrerseits den Brief sinken und sah Zorro an.

„Und?“, fragte er seine Schwester. „Kannst du damit etwas anfangen?“

Tessi schüttelte den Kopf.

„Die Worte ergeben für mich überhaupt keinen Sinn", sagte Zorro und sah noch einmal auf den Text, nachdem Tessi ihm den Brief zurückgegeben hatte. „Meinst du, dass es ein Geheimcode ist?"

„Ja, klar", sagte Tessi. „Natürlich steckt darin eine Botschaft."

„Nein, ich meine, dass man irgendwelche Buchstaben wegstreichen muss, oder nur alle Anfangsbuchstaben lesen soll, um an die wirkliche Nachricht zu kommen?"

„Versuch es doch einmal", sagte Tessi. Zorro besah sich den Brief in seiner Hand. Er überflog die Anfangsbuchstaben. Dann schüttelte er den Kopf.

„Also liegt die Botschaft im Text", sagte Tessi und nahm den Brief wieder aus Zorros Hand.

„Also, nehmen wir den ersten Satz: ‚*Manchmal muss man reisen durch die Zeit, dabei ist das Ziel gar nicht so weit.*' Ich nehme einmal an, dass Onkel Ludwig weiß, dass wir physikalisch nicht durch die Zeit reisen können", sagte Tessi und hob den Blick.

„Und das sagt uns …?", fragte Zorro eher gelangweilt. Er hatte keine Lust alberne Rätsel zu lösen. Die ganze Geschichte schien ihm seltsam genug. Er hatte gehofft, dass Onkel Ludwig ihm direkt einen Hinweis auf den Verbleib der Bilder geben würde. Diesen hätte er Herrn Jansen weitergeleitet und damit wäre die Geschichte für ihn erledigt gewesen. Er war kein Detektiv und wollte auch keiner sein. Was sollte also diese ganze Geheimnistuerei?

„Na ja, ich denke, das soll bedeuten, dass wir natürlich nicht selbst durch die Zeit reisen müssen. Wir sollen uns also etwas vorstellen, was vielleicht in der Zukunft passieren könnte. Oder uns an etwas erinnern, das in der Vergangenheit passiert ist."

„Wie sollen wir wissen, was in der Zukunft passiert?", fragte Zorro. „Ich meine, woher will Onkel Ludwig wissen, was wir uns überlegen?"

„Ganz genau. Klug erkannt, mein Bruder", sagte Tessi mit triumphierendem Lächeln. „Onkel Ludwig kann sich nicht sicher sein, woran wir denken, wenn wir uns die Zukunft vorstellen. Bleibt also die Vergangenheit. Alles, was geschehen ist, ist passiert. Es kann nicht mehr verändert werden. Also muss sich dieser Vers auf etwas Vergangenes beziehen. Es muss ein geschichtliches Ereignis sein. Eines, das für uns alle gleich ist."

„Na super, dann sind wir ja schon viel weiter", sagte Zorro und lächelte schief. „Die Menschheitsgeschichte reicht ja nur ein paar tausend Jahre zurück."

Tessi sah ihren Bruder für einen Moment herausfordernd an. Dann ließ sie die Schultern sinken und sah zu Boden. „Vielleicht hast du recht", sagte sie mit schwacher Stimme und seufzte. „Eventuell sollten wir das Ganze einfach lassen. Wir werfen den Brief weg und überlassen die Suche nach den Bildern Herrn Jansen und der Polizei."

Für eine Sekunde war Zorro geneigt, seiner Schwester zuzustimmen. Doch dann merkte er, worauf sie hinauswollte. Er kannte diesen Trick von ihr. Sie forderte ihn heraus.

Das machte sie immer, wenn sie glaubte, mit Argumenten nicht mehr weiterzukommen. Er sollte selbst über die Folgen seines Handelns nachdenken. Was würde passieren, wenn sie Onkel Ludwig nun im Stich ließen?

„Du meinst, dass Onkel Ludwig mir den Brief geschickt hat, weil er unsere Hilfe braucht?"

„Allerdings meine ich das!", sagte Tessi. „Denk doch einmal an den Aufwand, den Onkel Ludwig betrieben hat. Er hat einen Anwalt gebeten dir zu schreiben und er hat seine Nachricht verschlüsselt. Das macht man doch nicht aus Spaß!", sagte Tessi nachdrücklich. „Und ich bin mir sicher, dass er davon ausgeht, dass wir das Rätsel schon knacken werden. Wir müssen eben nachdenken."

Zorro musste zugegeben, dass Tessi recht hatte. Onkel Ludwig zählte auf ihn.

„Okay", sagte Zorro zögerlich.

„Vielleicht kommen wir mit dem zweiten Vers weiter?", fragte Tessi.

‚Man muss nur schauen zum Firmament, zu dem Ort, den die Schwalbe ihr Heim oft nennt.'

„Okay, das Firmament, das sind der Himmel und die Sterne. Meinst du, die Sterne geben uns einen Hinweis?", überlegte Tessi.

„Entweder das, oder es meint nur, dass wir nach oben schauen sollen. Denn es heißt *‚zu dem Ort, den die Schwalbe ihr Heim oft nennt'* – damit ist das Dach gemeint!", entfuhr es Zorro und er sprang auf. „Natürlich, das ist doch klar. Das Dach!"

„Die Bilder sind auf dem Dach¿“, fragte Tessi und legte ihren Kopf zur Seite. Der zweifelnde Blick seiner Schwester entging Zorro dabei nicht.

„Nein, aber vielleicht direkt darunter. Der Dachboden!“

„Das könnte sein. Das wäre sicherlich ein gutes Versteck“, sagte Tessi, wobei sie nachdenklich auf der Unterlippe herumkaute.

„Gut, ich schlage vor, dass ich Backe, Montag und Lilly anrufe und dann machen wir uns auf die Schatzsuche!“, sagte Zorro begeistert und hechtete zu seinem Schreibtisch, auf dem sein Handy lag. Eilig tippte er eine Nachricht ein und sendete sich zugleich an alle seine Freunde. Schon kurz darauf begann sein Handy zu piepsen. Backe und Lilly hatten bereits geantwortet und kündigten an, so schnell wie möglich zu kommen.

3. Das Geheimnis des Dachbodens

Eine knappe halbe Stunde später standen Backe, Montag, Lilly, Tessi und Zorro vor der schmalen Tür, die zum Dachboden führte. Es war eine alte, weiße Holztür mit goldener Türklinke. Zorro zog den Schlüssel aus der Hosentasche und schloss auf. Hinter der Tür verbarg sich eine ebenfalls enge Holztreppe. Die kleinen Stufen waren abgetreten und der Handlauf hing schief herunter.

„Na, dann wollen wir einmal“, sagte Zorro und setzte seinen Fuß auf die unterste Stufe. Seit sie in Dösterfelde wohnten, war Zorro noch nie auf dem Dachboden gewesen. Auch seine Eltern hatten ihn nur einmal kurz betreten, um sich vom Zustand des Daches zu überzeugen.

„Gut, dann warte ich hier“, sagte Tessi. „Aber sagt mir sofort Bescheid, sobald ihr etwas entdeckt habt, okay?“

„Klar“, sagte Lilly und lächelte. „Sobald wir irgendetwas haben, kommen wir herunter.“

Damit machte Zorro den nächsten Schritt. Die schmale Stufe knarrte unter seinem Fuß. Vorsichtig folgten ihm seine Freunde. Die Treppe machte einen kleinen Bogen und nach fünfzehn Stufen hatten sie den Dachboden erreicht. Es roch nach Staub, altem Holz und Papier. Durch die Dachfenster fielen Sonnenstrahlen auf den Dachboden, die wie dicke Lichtbündel aussahen, in deren Schein Staubkörner zu tanzen schienen. Zorro war beeindruckt von den schweren Holzbalken und Streben, die das Dach stützten. Dieser Dachboden sah so ganz anders aus als der in Hamburg. Dort musste man sich unter den Dachschrägen bücken, um sich nicht den Kopf zu stoßen. Hier reichte das Dach noch gut vier oder fünf Meter über ihre Köpfe. Es war kein enger Dachboden, sondern eher eine lang gestreckte Halle. Hier hätte man ohne Probleme ein großes Klavier oder einen Kleiderschrank aufstellen können. Doch derlei sah er nicht. Vielmehr war am Boden unter den Dachschrägen allerlei Krempel lieblos verteilt. Er entdeckte ein paar einfache Holzstühle, bei denen Rückenlehnen oder Beine fehlten. Dazu gab es einen alten Tisch, eine kupferne Gießkanne, einen zerbrochenen Spiegel in einem goldenen Rahmen und eine halb zerstörte Wanduhr. Des Weiteren standen zahlreiche Kisten herum. Am hinteren Ende des Dachbodens befanden sich Gegenstände, die mit großen Laken abgedeckt waren. Zorro vermutete weitere Stühle und andere Möbel darunter. Vielleicht aber waren dort auch die Bilder versteckt.

Die vier Freunde sahen sich ein wenig unschlüssig um und gingen dann in Richtung der abgedeckten Dinge. Die Holzdielen knarrten und quietschten unter ihren Schritten. Für einen Moment fragte Zorro sich, was wohl passieren würde, wenn eines der Bretter morsch oder angebrochen wäre. Würden sie womöglich in das Stockwerk darunter fallen? Oder gleich in das großräumige Treppenhaus? Aber solange der Boden die schweren Möbel hier aushielt, könnte er wohl auch sie noch tragen. Nur einmal zuckte Zorro zusammen, als er plötzlich ein metallisches Scheppern hörte. Das Geräusch kam von einem alten Zinnbecher, gegen den Backe versehentlich getreten war. Als sie das hintere Ende des Dachbodens erreichten, standen sie vor einem großen, kreisrunden Fenster. Das Glas war matt und milchig, sodass man beim Durchsehen nur ungenaue Konturen erkennen konnte. Dennoch erkannte Zorro einen schmalen Streifen des Gartens und konnte eine Ecke des Springbrunnens ausmachen.

„Und nun?“, fragte Montag und sah sich noch einmal um, als erwarte er irgendwo ein Schild zu finden, auf dem stand: „Hier stehen wertvolle Bilder!“

„Keine Ahnung“, sagte Backe und begann einen Schokoriegel auszupacken.

„Guten Appetit!“, sagte Lilly und warf Backe einen tadelnden Blick zu.

„Ja, wenn wir jetzt hier ewig herumlaufen, brauche ich ein bisschen Energie“, verteidigte sich dieser.

„Also, wenn ich ehrlich bin, sieht es nicht so aus, als würde man hier teure Bilder finden“, sagte Montag und zog die Stirn in Falten.

„Was hattest du erwartet? Einen goldenen Tresor auf dem ‚Hierin befindet sich ein Kunstschatz‘ steht?“, fragte Lilly und strich sich eine blonde Haarsträhne aus der Stirn.

„Nein, natürlich nicht“, erwiderte Montag. „Aber ich dachte schon, dass es eine Kiste oder einen anderen Behälter geben müsste. Eben irgendetwas, in das man solch wertvolle

Bilder legen würde. Die stellt man doch hier nicht einfach auf den Boden."

„Ich schlage vor, dass wir zuerst einmal alles absuchen. Wer weiß, was sich alles unter den Laken hier befindet?", meinte Zorro und deutete auf die vielen Gegenstände, die von den weißen Laken abgedeckt waren.

„Ja, damit sollten wir anfangen", stimmte Lilly zu.

„Aber erst, wenn ich aufgegessen habe", sagte Backe und schob sich das letzte Stück Schokoriegel in den Mund.

Vorsichtig machten sie sich anschließend daran, die Gegenstände unter den Laken zu begutachten. Unter dem ersten Tuch, das Zorro anhob, befanden sich ein altes, von Motten zerfressenes Sofa sowie ein kleiner Hocker. Unter dem zweiten kam ein alter Servierwagen samt Kaffeegeschirr zum Vorschein. Zorro konnte sich nicht vorstellen, dass diese Sachen seinen Eltern gehörten. Sie mussten also noch vom Vorbesitzer des Schlosses stammen.

„Hey, seht mal!", hörte Zorro auf einmal Backes Stimme. Als er zu seinem Freund schaute, sah er diesen mit einer abstoßenden afrikanischen Maske auf dem Gesicht. Backe hatte seine Arme wie ein Gespenst ausgebreitet und ging so auf Lilly zu. Lilly hielt ihre Arme von sich gestreckt und sah Backe angeekelt an. „Wo hast du die denn her?"

„Habe ich dahinten gefunden!", sagte Backe. Dabei klang seine Stimme seltsam hohl. „Dort stand eine Kiste mit Souvenirs aus Afrika."

Bevor Backe weitersprechen konnte, meldete sich Montag aus einer anderen Ecke: „Meint ihr, der ist noch gut?", fragte er, wobei er eine Weinflasche in die Luft hielt. Die Flasche war mit einer dicken Staubschicht bedeckt und der Text auf dem Etikett war nur noch schwach zu erkennen.

„Woher kommt die denn?“, fragte Zorro.

„Hier hinten steht eine kleine Bauerntruhe. So eine bunt bemalte, weißt du? Da lag die zwischen zwei bestickten Taschentüchern und einem Paar Samthandschuhen, einer Tischdecke und solchen Sachen. Seltsame Kombination, findet ihr nicht? Was macht eine Weinflasche in einer solchen Kiste?“, wunderte sich Montag und fuhr sich dabei mit der Hand durch sein kurzes, krauses Haar.

„Keine Ahnung“, sagte Zorro und zuckte mit den Schultern.

„Hey, vielleicht steckt da eine ganz romantische Geschichte dahinter?“, sagte Lilly und schürzte die Lippen. „Vielleicht war das die Kiste mit der Aussteuer für eine junge Braut und der Wein war eine besondere Gabe!“

„Aussteuer?“, fragte Montag. „Was ist das denn für eine Steuer?“

Lilly kicherte kurz und erklärte es dann: „Wenn die jungen Paare früher geheiratet haben, dann bekamen die Frauen meist eine Kiste oder einen Schrank mit. Darin befanden sich dann Bettlaken oder Betttücher und Geschirr oder solche Sachen. Eben Dinge, die die Ehefrauen im neuen Haushalt gebraucht haben.“

„Bekommst du so etwas auch?“, fragte Montag und sah Lilly etwas irritiert an.

Nun lachte Lilly laut auf: „Nein, das macht man so heute nicht mehr. Also zumindest nicht in einer Truhe und es sind auch andere Geschenke heute. Das hat man früher so gemacht. So vor hundert Jahren oder so."

„Du meinst also, die Kiste hier hat einer jungen Braut gehört, die vor hundert Jahren gelebt hat?", fragte Montag und sah nun noch interessierter auf die Kiste.

„Ich weiß nicht genau, von wann die Kiste ist", sagte Lilly. „Aber es könnte schon sein, ja. Zeig doch einmal die Flasche."

Montag ging zu Lilly und reichte ihr die Flasche. Lilly begutachtete das Etikett.

„Ist nicht gerade einfach zu lesen", sagte sie. „Die Buchstaben sind schon sehr ausgeblichen, aber ich glaube ...", Lilly zögerte einen Moment. Dann zog sie die Augenbrauen hoch: „Wow, die Flasche ist von 1749!"

„Was!?", entfuhr es Backe.

„Das ist wirklich alt", sagte Montag.

„Sieht also so aus, als wäre das eine ganz schön betagte Kiste und die Sachen darin sind sicherlich ebenso alt", sagte Lilly.

„Aber warum versteckt jemand so etwas auf dem Dachboden?", fragte Zorro und schaute über Lillys Schulter auf das Etikett der Flasche.

„Vielleicht haben sie das nicht gebraucht?", vermutete Backe. „Kann doch sein, dass ihr Bräutigam schon genug Bettlaken und Tischdecken hatte?"

Lilly legte die Stirn in Falten: „Das glaube ich nicht. Ich weiß nicht, aber ich denke, dass sie möglicherweise jung gestorben ist. Die Braut meine ich."

„Wie kommst du darauf?", fragte Zorro.

„Ich weiß nicht genau“, sagte Lilly nachdenklich. „Aber nichts von den Dingen in der Kiste sieht doch so aus, als wäre es jemals benutzt worden. Meint ihr nicht?“

Die anderen gaben Lilly Recht.

„Aber hilft uns das mit den Bildern?“, fragte Montag plötzlich.

Zorro seufzte und ließ sich auf ein altes Holzschaukelpferd sinken, das vor einem rostigen Böllerofen stand. „Wahrscheinlich nicht“, sagte er und sah sich um. „Wo würde jemand nur diese Bilder verstecken?“

„Es kann ja auch sein, dass derjenige die Bilder nicht in Rahmen hier abgestellt hat. Was, wenn er nur die Bilder selbst irgendwo zwischen geschoben hat?“, sagte Backe und seufzte seinerseits.

„Dann können sie überall sein. Für ein paar zusammengerollte Bilder gibt es hier mehr als genug Platz“, sagte Montag und strich sich erneut durchs Haar.

„Aber wir haben den Reim von Onkel Ludwig“, sagte Zorro. „Den hat er mir ja nicht ohne Grund geschickt.“

„Können wir uns denn sicher sein, dass deine Interpretation stimmt? Was, wenn mit den Worten etwas ganz anderes gemeint ist?“, fragte Backe.

„Was denn?“, fragte Lilly.

„Ja, keine Ahnung“, sagte Backe und sah sich um.

„Ich denke, dass wir noch nicht aufgeben dürfen“, sagte Zorro und erhob sich wieder. „Ich bin mir sicher, dass Onkel Ludwig den Dachboden meinte, als er das mit den Schwalben schrieb.“

„Ja, aber Schwalbennester sind doch meistens außen unter dem Dach“, sagte Backe und drehte sich in Richtung des runden Fensters am Ende des Dachbodens. „Vielleicht hat er gemeint, dass der Hinweis dort unter dem Dach zu finden ist?“

„Wäre möglich“, sagte Montag. „Kommt, sehen wir nach!“

Die vier Freunde liefen schnell zu dem runden Fenster. Dort angekommen suchten sie nach einem Hebel, um es zu öffnen. Es war Lilly, die die vier kleinen Riegel entdeckte, die das Fenster verschlossen hielten. Die Riegel waren eingerostet und ließen sich zunächst nicht öffnen. Dann entdeckte Backe einen Kerzenständer aus Metall, dessen Fuß sich gut als Hammerersatz eignete. Damit schlugen sie so lange gegen die Riegel, bis diese aufsprangen. Mit einem Knirschen ließ sich das Fenster öffnen. Ein lauer Wind strömte von draußen auf den Dachboden und blies einige der Bettlaken gespenstisch auf. Zorro, der zuvorderst stand, beugte sich aus dem Fenster und inspizierte den Rahmen sowie die Bereiche direkt unterhalb des Daches. Tatsächlich befand sich dort im Dachgiebel ein Schwalbennest. Doch weiter konnte Zorro nichts Ungewöhnliches entdecken.

„Und, siehst du etwas?“, fragte Lilly.

„Nein, nichts, was irgendwie besonders wäre“, gab Zorro zurück.

„Lass mich mal“, sagte Backe und schob Zorro vom Fenster weg. Dann beugte er sich selbst aus dem Fenster. Er reckte sich dabei so weit, dass seine Baggy Pants rutschten und sein massiger Bauch herunterhing. Plötzlich hörten Montag, Zorro und Lilly ein Klopfen.

„Was ist das¿", fragte Lilly.

„Ich versuche nur zu erkunden, ob es hier eine Hohlstelle gibt!", rief Backe von draußen. „Aber hier ist nichts."

„Scheint, als wäre das eine falsche Spur", sagte Montag und wandte sich ab. In diesem Moment fiel sein Blick auf eine grüne Mappe aus dickem Papier, die rechts vor ihm auf dem Boden lag. Es war eine Aktenmappe, wie man sie in Büros benutzte. Die Ecken waren leicht angeknickt und die grüne Farbe war bereits ausgeblichen. Montag bückte sich und nahm die Mappe. Es stand nichts drauf. Kein Name oder sonst eine Bezeichnung. Aber Montag waren die Schwarz-Weiß-Fotos aufgefallen, die oben aus der Mappe herausragten.

„Was hast du da¿", fragte ihn Lilly.

„Weiß nicht", sagte Montag nachdenklich und betrachtete die Mappe eingehend. Dann schlug er den Deckel auf. Einige der Fotos fielen zu Boden. Lilly bückte sich und hob sie schnell wieder auf.

„Eine Mappe¿", fragte Zorro, der sich nun zu ihnen gesellt hatte.

„Ja, mit Fotos", sagte Montag.

„Kennst du jemanden von denen¿", fragte Zorro und nahm ein Bild, auf dem eine Gruppe lachender Menschen zu sehen war. Sie feierten ein Fest. Vielleicht einen Geburtstag oder eine Hochzeit.

„Nein, die kenne ich nicht. Es scheint mir auch schon eine Weile her zu sein, dass das Bild aufgenommen wurde", sagte Montag und Lilly stimmte ihm zu.

„Zeig mal die anderen Fotos her“, bat Zorro und streckte Montag seine Hand entgegen.

„Hier“, antwortete der und reichte ihm einen Stapel.

„Sagt mal, hilft mir jemand wieder rein?!“, rief Backe auf einmal von draußen. Lilly lachte auf und eilte sofort zu ihm, um ihm bei dem Versuch zu helfen, seinen massigen Körper wieder durch das Fenster zurück zu wuchten.

Schnaufend erhob Backe sich anschließend, rückte das Käppi zurecht, zog die Hose hoch und wischte sich mit dem Handrücken die Nase. Seine Wangen waren hochrot und er schwitzte. „Also draußen ist bestimmt nichts!“, sagte er und schlurfte zu seinen Freunden. „Und was habt ihr?“

„Fotos“, sagte Zorro und reichte Backe einen Stapel, den er bereits durchgesehen hatte. „Sieh mal nach, ob du davon jemanden kennst.“

Schulterzuckend nahm Backe den Stapel Fotos und betrachtete das erste eingehend. Dann nahm er das zweite. Nachdem er alle durchgesehen hatte, gab er den Stapel an Zorro zurück. „Nein, da kenne ich niemanden.“

„Seht mal hier!“, sagte Montag plötzlich aufgeregt. Er hatte die Mappe mit den restlichen Bildern auf einen Holztisch gelegt und hielt nur noch ein Bild in der Hand. Die anderen scharten sich um ihn. Auf dem Abzug war ein kleiner Mann mit dunklem Ziegenbart zu sehen, auf dessen spitzer Nase eine halbrunde Brille saß. Sein Haar war vermutlich schwarz und reichte ihm bis zur Schulter. Er trug einen weißen Kittel, der mit Farbklecksen bekleckert war. In seiner rechten Hand hielt er einen langen Pinsel und mit der linken Hand lehnte er an einer Staffelei. Er war offensichtlich Maler. Im Hintergrund des Fotos lehnten eine ganze Reihe von Bildern an der Wand.

„Also, ich bin keine Kunstexpertin“, sagte Lilly und beugte sich ein wenig vor. „Aber das Bild mit den Sonnenblumen dort ist doch von Van Gogh.“

„Und da, das Bild mit der Frau, die die Milch einschenkt – das kenne ich“, sagte Zorro. Er versuchte sich daran zu erinnern, wo er es schon einmal gesehen hatte. „Es ist von einem Künstler, der irgendwas mit Wasser heißt … menno, ich komme nicht drauf …“

„Du meinst Vermeer“, sagte Lilly und lächelte.

„Sag ich doch: irgendetwas mit Wasser“, antwortete Zorro.

„Das sind doch sehr wertvolle Bilder“, sagte Montag. „Hängen die nicht in irgendwelchen Museen?“

„Klar“, sagte Lilly.

„Ja, aber wie kommt der Mann dann an die Bilder?“, fragte Montag.

„Und das da, das ist doch die Geburt von Jesus, oder nicht?“, sagte Zorro. „Da auf dem Bild.“

„Ja, das sieht aus wie von dem Italiener. Den hatten wir gerade in Kunst“, überlegte Backe.

„Da Vinci?“, fragte Lilly.

„Nein, nein“, sagte Backe und rieb sich mit Zeigefinger und Daumen über die Nasenwurzel. „Der heißt etwas mit B.“

„Kommt, ich frage Tessi“, schlug Zorro vor. Dann nahm er das Foto, auf dem der Maler vor den Bildern posierte, und ging damit zurück zur Treppe. Er stieg die Stufen hinunter. Dort wartete Tessi noch immer. Ungeduldig sah sie ihn an.

„Und, habt ihr was?", fragte sie und blickte auf das Foto in Zorros Hand.

„Wissen wir noch nicht – also, wahrscheinlich nicht. Aber das Foto hier ist irgendwie seltsam."

„Seltsam?"

„Ja, sieh mal, der Mann …"

„Ein Maler", sagte Tessi und ließ ihren Blick über das Foto schweifen.

„Genau, doch sieh dir die Bilder hinter ihm an. Besonders das hier", sagte Zorro und deutete auf das Bild mit der Geburt Christi. „Von wem ist das? Kannst du das mal nachschlagen?"

„Das brauche ich nicht nachzuschlagen", sagte Tessi und ließ ihren Blick über das Foto wandern.

„Nicht? Das heißt du weißt, von wem das Bild ist?", fragte Zorro erstaunt.

„Klar", sagte Tessi. „Und du wüsstest es auch, wenn du ein wenig mehr Aufmerksamkeit im Kunstmuseum in London auf die Bilder verwendet hättest."

Nun fiel es Zorro wieder ein. Er hatte das Bild in London in der National Gallery gesehen. Dort waren sie im letzten Sommer gewesen. Es stimmte aber, dass er sich kaum für die Galerie, wohl aber für die Musik in der Stadt interessiert hatte.

„Und wie heißt der nun?"

„Botticelli", sagte Tessi trocken. „Sandro Botticelli. Ein italienischer Maler aus der Zeit der Renaissance. Das heißt ungefähr 15. und 16. Jahrhundert. Botticelli lebte circa von 1445 bis 1510. Er malte viele religiöse Bilder und Altarbilder. Da passt das Motiv mit der Geburt Christi natürlich gut."

„Woher weißt du das alles?", fragte Zorro wirklich erstaunt.

„Tja, weil ich viel Zeit zum Lesen habe", seufzte Tessi. Für einen Moment wirkte sie geknickt. Aber dann hellte sich ihr Blick wieder auf: „Und weil Botticelli wohl gegen Ende seines Lebens eine Behinderung hatte. Er konnte nicht mehr malen dadurch. Dabei war er so ein Genie."

„Wow", sagte Zorro verblüfft. Dann sah er wieder auf das Bild. „Danke." Damit drehte er sich wieder um, wobei er Tessi vorher noch zuzwinkerte, und stieg die Stufen dann wieder hoch. Als er auf dem Dachboden ankam, hockten seine Freunde noch immer dort und ließen die Fotos untereinander kreisen.

„Und, weißt du jetzt, wer es ist?", fragte Backe, der schon entspannter aussah. Zorro nickte. Dann erzählte er seinen Freunden, was Tessi gesagt hatte.

Sie staunten nicht schlecht.

„Also, fassen wir einmal zusammen", sagte Lilly, die sich als Erste wieder fasste. „Dieser Mann, dessen Namen wir nicht kennen, besitzt also all diese wertvollen Bilder?"

„Kann doch sein", sagte Backe beiläufig und fischte dabei einen neuen Schokoriegel aus seiner Jackentasche.

„Kann nicht sein“, fuhr Montag dazwischen. „Zorro hat doch gerade erzählt, dass das Bild von Botticelli in London in einer Kunstgalerie hängt.“

„Ja, aber das Foto ist doch schon alt. Kann doch sein, dass der Mann das Bild später an die Galerie verkauft hat“, wandte Backe ein und nahm einen Bissen von seinem Schokoriegel.

„Es gibt nur eine Möglichkeit das herauszufinden. Wir müssen wissen, wo die Bilder heute sind und wie lange sie dort schon sind“, sagte Lilly.

„Aber warum?“, fragte Montag. „Ich meine, warum wollen wir das denn wissen? Wir sind doch hier, um die gestohlenen Bilder deines Onkels zu suchen, oder nicht?“

Alle waren auf einmal still. Es stimmte ja, warum wollten sie sich mit dem Foto beschäftigen und mit den Bildern darauf?

Nur weil es seltsam war, dass dieser Mann diese teuren Kunstwerke besaß? Aber vielleicht würde sich das alles erklären lassen? Konnte es nicht sein, dass er nur ein Restaurator war, der die Bilder zur Begutachtung bei sich im Atelier hatte? Oder vielleicht arbeitete er in einem Kunstmuseum, in dem die Bilder einmal ausgestellt worden waren? Aber eine innere Stimme sagte Zorro, dass da mehr an der Sache war. Und dann drehte er das Foto zum ersten Mal um. Auf der Rückseite stand etwas. Es waren nur drei Zeilen, aber Zorro war es, als gefröre das Blut in seinen Adern. Wieder einmal hatte er auf diese innere Stimme gehört und wieder einmal hatte er sich nicht getäuscht. Er las den Text: „Ich danke dir für deine Hilfe und all die guten Gaben. Alles Liebe, dein Balduin."

‚Balduin, Balduin ...', schoss es Zorro durch den Kopf und dann griff er in seine Hosentasche und zog die zerknitterte Visitenkarte hervor.

Eilig überflog er den Namen. *Balduin Goldacker* stand dort. War das ein Zufall? Zorro konnte nicht mehr an Zufälle glauben. Er zeigte seinen Freunden das Foto und die Visitenkarte. Lilly war die Erste, die begriff, worauf er hinauswollte. Sie atmete hörbar ein und ließ dann einen Pfiff erklingen.

„Das ist in der Tat interessant", sagte sie.

„War dieser Balduin Goldacker etwa bei der Pressekonferenz?", fragte Backe.

„Ich glaube nicht", sagte Zorro. „Aber die Visitenkarte wurde von dieser Frau fallengelassen. Von dieser Dame, die ganz hinten gestanden hat."

„Meinst du etwa die mit der roten Jacke, dem roten Rock und der schwarzen Baskenmütze?", fragte Backe auf einmal.

„Ja, genau die!", bestätigte Zorro aufgeregt.

„Aber wissen wir denn überhaupt, ob Balduin Goldacker noch lebt?", fragte Montag dazwischen.

„Wie kommst du darauf?", fragte Lilly.

„Na, das Bild ist doch schon älter. So aus den 1960er-Jahren, würde ich denken. Wie alt mag er auf dem Bild sein?", fragte Montag.

„Ich schätze, er ist da Mitte zwanzig", sagte Zorro. „Vielleicht auch Ende zwanzig."

„Also könnte er heute noch leben. Er wäre dann um die achtzig Jahre alt", überlegte Lilly.

„Wie kommst du darauf?", fragte Backe.

„Na, wenn das Foto von 1960 ist und er da fünfundzwanzig Jahre alt war, dann ist er heute, im Jahr 2015, achtzig", erläuterte Lilly.

„Das bringt uns aber auch nicht viel weiter", stellte Backe fest.

Lilly legte die Hand ans Kinn und sah ihre Freunde nachdenklich an. Dann sagte sie: „Ich weiß nicht, wie das alles zusammenhängt. Nur können wir wohl festhalten, dass irgendetwas an der Sache dran ist. Diese Frau kommt zur Pressekonferenz, bei der Zorros Vater das Buch vorstellt, und hinterlässt diese Visitenkarte. Dann bekommt Zorro einen Brief von seinem Onkel, in dem dieser ihn verschlüsselt auffordert, auf den Dachboden zu gehen. Und genau hier finden wir diese Fotos, auf denen wahrscheinlich Balduin Goldacker zu sehen ist."

„Und was schließt du daraus?", fragte Backe und knüllte dabei das Papier seines Schokoriegels zusammen.

„Tja, wenn ich das wüsste", sagte Lilly und biss sich auf die Unterlippe.

„Aber ich glaube, dass Lilly recht hat", sagte Zorro. „Irgendwie gehören all diese Ereignisse zusammen. Vielleicht führt uns Balduin Goldacker tatsächlich zum Versteck der Bilder. Ich weiß nur noch nicht wie."

„Vielleicht durch seine Adresse?", fragte Montag. „Ich denke, wir müssten der Galerie in Muebeck einen Besuch abstatten."

„Klingt nach einer guten Idee“, sagte Backe erfreut. „Ich kenne da einen super Imbiss.“

„Wie kannst du jetzt nur ans Essen denken!“, stöhnte Lilly und rollte mit den Augen. Dann pustete sie sich eine blonde Strähne aus der Stirn und musste lachen. Im nächsten Moment stimmten alle in das Gelächter mit ein.

Sie hatten alle Sachen wieder an ihren Ort zurückgebracht, das große Fenster verschlossen und die Fotos zurück in die Mappe gelegt. Nur die Fotografie von Balduin Goldacker vor seiner Staffelei und den wertvollen Gemälden hatten sie behalten.

Dann waren sie die enge Treppe heruntergestiegen und hatten Tessi von all dem berichtet, was sie oben auf dem Dachboden entdeckt hatten. Tessi war begeistert und schlug vor, dass sie alle sofort in ihr Zimmer kommen sollten, um die Recherche nach den Bildern zu beginnen. So liefen sie über den alten Bastteppich auf der Galerie zum Fahrstuhl und drückten den Elfenbeinknopf, der den Fahrstuhl holte. Während sie warteten, betrachtete Zorro sein Spiegelbild im glänzenden Messing der Fahrstuhlverkleidung. Er sah erschöpft aus. Und er war auch erschöpft. Für einen Moment fragte er sich, was diese ganze Sucherei eigentlich sollte. Was würde ihnen das denn bringen? Vielleicht waren die Bilder überhaupt nicht hier oder sie würden nie einen Hinweis finden, der ihnen verriet, wo sie sich tatsächlich befanden. Was, wenn sich all das nur als Hirngespinst herausstellen sollte? Wieder dachte Zorro an seinen Probenraum. Nichts war ihm im Moment wichtiger als dieser Ort, an dem er an seinen Songs arbeiten könnte. Er hatte sich zwar damit abgefunden in Dösterfelde zu leben und mochte es hier mittlerweile auch sehr gern.

Doch seinen Traum, ein Hip-Hop-Star zu werden, hatte er deshalb noch lange nicht aufgegeben. Und warum sollte nicht auch einmal ein Hip-Hopper aus Dösterfelde kommen? Schließlich gab es genug Themen, über die er rappen konnte. Es musste ja nicht immer nur um die großen Städte gehen. Das klare „Kling" der kleinen Glocke riss Zorro aus seinen Träumen. Der Fahrstuhl war da. Lilly schob das Gitter der Fahrstuhltür zur Seite und dann schob Montag Tessi in die kleine Kabine. Lilly folgte den beiden, während Zorro und Backe die große Treppe in den ersten Stock nahmen.

Kurz darauf saßen alle in Tessis Zimmer. Tessi war an ihren Schreibtisch gerollt und hatte ihren Laptop aufgeklappt und hochgefahren. Backe, Montag und Lilly saßen derweil auf der kleinen roten Couch, die mitten im Raum stand und von der aus man einen freien Blick auf den Balkon hatte. Zorro selbst lag, die Beine übereinandergeschlagen, auf dem Bett seiner Schwester. Er hatte die Arme unter dem Kopf verschränkt und die Augen leicht geschlossen. Er hörte, wie seine Schwester auf der Tastatur des Laptops herumklapperte. Seine Freunde unterhielten sich dabei gedämpft. Doch lange mussten sie nicht warten, bis Tessi plötzlich ausrief: „Ich habe es!"

„Alle Bilder?", fragte Backe erstaunt.

„Ja, alle Bilder“, sagte Tessi und rollte herum. Backe, Montag und Lilly erhoben sich vom Sofa und gingen hinüber zum Laptop.

„Sowohl die ‚Zwölf Sonnenblumen‘ von Van Gogh, als auch die ‚Dienstmagd mit Milchkrug‘ von Vermeer und die ‚Geburt Christi‘ von Botticelli sind seit Jahren in Kunstgalerien oder gehören privaten Sammlern. Und um es vorwegzunehmen: Keiner dieser Sammler heißt Balduin Goldacker.“

„Aber wie ist er dann an die Bilder gekommen?“, fragte Backe.

„Das ist das Geheimnis, das es zu lüften gilt“, sagte Tessi und reckte ihr Kinn nach oben. Spitzbübisch sah sie in die Runde. „Sieht ganz so aus, als hätte das *Weiße Z* einen neuen Fall zu lösen!“

„Parole Emil!“, sagte Backe und reckte die Faust in die Luft.

„Wohl eher Parole Zorro“, korrigierte Lilly und lachte.

„Nun wissen wir jedenfalls, dass mit diesen ganzen Vorfällen etwas nicht stimmen kann“, sagte Zorro von seinem Lager auf dem Bett aus.

„Ich schlage deshalb vor, dass wir dem Herrn Goldacker tatsächlich mal einen Besuch abstatten“, sagte Backe und schlenderte wieder zurück zum Sofa. Dann ließ er sich genüsslich in die weichen Kissen sinken und streckte die Arme auf der Lehne aus: „Er wird uns wohl am besten sagen können, was hinter der ganzen Geschichte mit den Bildern steckt.“

„Ich bin dafür“, sagte Lilly. „Könnt ihr morgen nach der Schule?“

„Ja, kann ich!“, antwortete Montag.
„Ich auch“, sagte Zorro.
„Bin dabei!“, bestätigte Tessi.
„Na dann: Parole Zorro!“, sagte Backe und grinste.

4. Die Galerie

Nun war es wirklich Herbst geworden. Das Wetter zeigte sich an diesem Nachmittag von seiner schlechtesten Seite. Graue Wolken überzogen den Himmel und ein stetiger Nieselregen ging auf Dösterfelde nieder. Obwohl es erst halb fünf war, dämmerte es bereits. In den kahlen Ästen der Kastanien saßen nur wenige Krähen und hier und da hopsten Amseln und Drosseln durch das nasse Laub am Boden. Von Norden wehte ein kühler Wind.

Zorro zog sich die Kapuze über den Kopf. Vor ihm wartete Tessi in ihrem roten Rollstuhl. Auch sie hatte sich warm angezogen und sich eine wärmende Wolldecke über die Beine gelegt. Ihre Füße steckten bereits in ihren Winterstiefeln. Tessi hielt einen Regenschirm in der Hand und schaute die Straße hinab, ob sie den Bus schon sehen könnte. Nach einer gefühlten Ewigkeit kam er endlich um die Ecke gebogen und hielt in der kleinen Haltebucht vor dem Schloss. Die Scheibenwischer gingen emsig hin und her und Zorro hörte das Quietschen des Gummis auf der Frontscheibe. Mit einem Zischen öffnete sich die Tür. Der Busfahrer nickte freundlich, als er Zorro und Tessi sah. Dann betätigte er den Knopf, um den Bus zur Seite zu neigen, sodass Zorro mit Tessi besser einsteigen konnte. Im Bus zog sich Zorro die Kapuze vom Kopf und schüttelte sein feuchtes Haar. Dann half er Tessi den Regenschirm sicher zu verstauen und stellte die

Bremsen an ihrem Rollstuhl fest. Mit einem leichten Ruck setzte der Bus sich wieder in Bewegung und der Dieselmotor röhrte laut auf.

Zorro blickte aus dem Fenster, an dem unablässig Regentropfen herabliefen. Dösterfelde lag wie im Dornröschenschlaf. Kein Hund bellte, keine Hühner liefen durch die Vorgärten und keine Katze kauerte irgendwo in einer Stalltür oder auf einem Schuppen. Alle hatten sich zurückgezogen. Wenig später passierten sie das Ortsausgangsschild von Dösterfelde und nun sah Zorro nur noch herbstliche Felder. Endlose Reihen von Stoppeln ragten aus dem morastigen Boden. Auf einem Feld stand noch eine Vogelscheuche, deren zerfetztes Hemd im Wind flatterte. Aber Vögel, die sie verscheuchen könnte, waren keine zu sehen. Wie wäre das Wetter jetzt in Hamburg? Wahrscheinlich ähnlich. Nur würde er jetzt bei Nils oder Felix zu Hause sitzen. Sie würden vielleicht am Computer spielen oder Musik hören und dazu heiße Schokolade trinken. Womöglich säßen sie aber auch in einem Café bei einer Cola und einem Stück Kuchen und würden gemeinsam Musikzeitschriften durchblättern. Mit Sicherheit säßen sie aber nicht in einem Bus und würden durch eine solch trostlose Landschaft fahren, dachte Zorro und lehnte seinen Kopf an die Scheibe. Tessi sah zu ihm auf und legte ihre Hand auf sein Knie. Sie kamen durch eine Reihe namenloser Orte oder Orte, deren Namen sich Zorro nie merken konnte und die ihn auch nicht interessierten. Nur zwei waren ihm bekannt: Bad Trekelsingen, denn dort gingen er und Tessi zur

Schule, und Schlotzen. Dann fuhren sie durch einen Kreisverkehr und wenig später an einem Schild vorbei, auf dem ‚Muebeck' stand. Es war in der Tat nicht sonderlich weit von Dösterfelde.

An der zweiten Station in Muebeck hielten sie an und Zorro schob Tessi aus dem Bus. An dem kleinen Wartehäuschen sah er schon Backe, Montag und Lilly. Backe hatte den Reißverschluss seines Kapuzenpullis geschlossen und die Kapuze über die Baseballkappe gezogen. Seine kurzen, kräftigen Arme hatte er um seine Brust geschlungen. Er tippelte nervös von einem Fuß auf den anderen. Auch Montag trug trotz des Regenwetters Baggy Pants und Sneakers, aber dazu eine lange Regenjacke und Baseballcap. Zudem hatte er einen Regenschirm dabei.

Lilly trug Friesennerz. So nannte man die gelben Öljacken in Norddeutschland. Auf ihrem Kopf prangte dazu eine bunte Häkelmütze, unter der zwei blonde Zöpfe hervorlugten. Unter der Öljacke ragten ein buntes Kleid sowie Lillys Beine hervor. Letztere steckten in hoch aufragenden rot-weiß gepunkteten Gummistiefeln. Auch Lilly hielt einen großen Regenschirm in ihren Händen. So rasch er konnte, schob Zorro Tessi unter das Dach des Wartehäuschens.

„Brr, was für ein Mistwetter!", sagte er und stellte den Kragen seiner Regenjacke auf.

„Du sagst es", erklärte Backe mit bibbernder Stimme.

„Weiß jemand, wo die Poststraße in Muebeck ist?", fragte Lilly.

„Ja, ich habe es herausgesucht“, sagte Tessi und zog einen Plan unter der Wolldecke hervor. „Wir müssen zum Marktplatz und dann rechts vom Rathaus in die Poststraße.“

„Also, gehen wir“, sagte Backe und trat wieder in den Regen.

Die nächsten Minuten gingen sie schweigend nebeneinander her. Jeder sah auf den Weg und versuchte, den Pfützen so gut es ging auszuweichen. Mit hochgezogenen Schultern schob Zorro Tessi vor sich über den schmalen Fußgängerweg und schließlich über das Kopfsteinpflaster in der Fußgängerzone. Dann standen sie auf dem Marktplatz und sahen das Rathaus. Es lag grau und dunkel hinter einem Brunnen, in dessen Mitte eine Säule aufragte. Sie gingen nach rechts und fanden schnell das Schild mit der Aufschrift „Poststraße“. Es war eher eine Gasse mit kleinen Geschäften, von denen viele leer standen. Sie passierten einen Bäcker, einen Schreibwarenladen und eine Schlachterei, und dann standen sie vor der Galerie. Doch was sie vorfanden, entsprach nicht im Geringsten ihren Erwartungen.

Verwundert gingen ihre Blicke nach oben. Dort prangte ein Holzschild über dem Schaufenster, auf dem mit geschwungenen Buchstaben „Galerie Goldacker“ geschrieben stand. Sie waren offenbar richtig. Dann fielen ihre Blicke wieder auf das Schaufenster oder das, was davon noch übrig war. Eine dicke Schicht aus Staub und Schmutz zog sich über die Scheibe. An manchen Stellen waren Poster auf die Scheibe geklebt worden, die für Konzerte oder

Theateraufführungen warben. Hinter der Scheibe lag die Galerie in völliger Dunkelheit.

Zorro trat an die Fensterscheibe und drückte seine Nase daran. Er spürte die Regentropfen über sein Gesicht laufen. Mit seinen Händen schirmte er seine Augen vom Licht der Straßenlaternen ab. So konnte er in das Innere der Galerie schauen. Der ehemalige Verkaufsraum war leer. Kein einziges Bild stand mehr zum Verkauf. An den Wänden waren noch schemenhaft die Plätze zu erkennen, an denen die Bilder einst gehangen hatten.

Auch ein Verkaufstresen stand noch inmitten des Raumes und darauf eine alte Registrierkasse. Von der Decke baumelte eine alte Lampe mit einem geflochtenen Lampenschirm. Auf dem Boden verstreut lagen Lackdosen, einige Pinsel, ein Besen und ein umgeworfener Stuhl. Unter dem Gerümpel konnte Zorro noch einen stark abgenutzten Perserteppich erkennen. Er ging hinüber zur Tür. Hinter der Scheibe hing noch das Schild mit den Öffnungszeiten. Aber diese Galerie würde mit Sicherheit nicht mehr öffnen, dachte Zorro und seufzte.

„Tja, das war wohl nichts“, sagte Backe. Die anderen nickten. Dies war eine Sackgasse. Balduin Goldacker hatte seine Galerie offenbar schon vor langer Zeit aufgegeben. Ein Nachfolger hatte sich wohl ebenso wenig gefunden.

„Und nun?“, fragte Montag in die Runde.

„Also, da vorn gibt es den guten Imbiss“, sagte Backe und wollte sich schon zum Gehen umdrehen, als Lilly ihn am Arm zurückhielt.

„Warte!“, fuhr sie ihn an. „Gibt es hier wirklich nichts für uns?“

„Ich wüsste nicht, was!“, erwiderte Backe und deutete auf das dunkle Schaufenster.

„Ich glaube, diese Galerie hat schon seit langer Zeit geschlossen“, sagte Zorro, umklammerte den Griff der Eingangstür und zog daran. Umso erschrockener war er, als die Tür sich öffnete. Die Galerie, oder was davon noch übrig war, war nicht abgeschlossen. Die Freunde sahen sich erstaunt an. Für einen Moment stand Zorro in der offenen Tür, unsicher darüber, was er nun machen sollte.

„Du kannst da doch nicht einfach reingehen“, sagte Tessi.

Zorro zögerte. Tessi hatte recht. Gleichzeitig aber nagte die Neugierde an ihm.

„Warum nicht?“, fragte Backe. „Da ist doch nichts Wertvolles drin. Dann kann man doch einmal nachschauen.“

„Und was meinst du dort zu finden?“, fragte Montag. „Da ist doch außer Staub und ein paar Küchenschaben nichts.“

„Wer weiß“, sagte Zorro. Allerdings glaubte er selbst nicht mehr daran, hier noch etwas Interessantes zu finden.

„Also ich denke, dass wir hier aufhören sollten“, sagte Tessi und sah zu den anderen. „Am Ende ist es ohnehin die Aufgabe der Versicherung, die Bilder zu finden.“

„Die Bilder werden wir da drin sowieso nicht finden“, sagte Montag trocken und zog sich seine Baseballkappe tiefer in die Stirn.

Zorro stand noch immer in der Tür und hörte dem Prasseln des Regens zu. Was seine Freunde sagten, stimmte. Sie waren an einem toten Punkt angekommen. Einer Sackgasse. Von hier ging es nicht mehr weiter. Vielleicht würden sie eines Tages die Bilder auf dem Dachboden oder im Keller des Schlosses finden. Zufällig beim Aufräumen. Aber hier gab es keinen Hinweis mehr. Hier endete ihre Suche. Zorro nahm die Hand vom Türgriff und ließ die Tür zufallen.

„Was Tessi sagt, stimmt. Wir können da nicht einfach reingehen. Und die Wahrscheinlichkeit, dass wir da etwas finden, ist gleich null“, sagte Zorro und trat mit hängenden Schultern zurück auf die Straße. Augenblicklich spürte er wieder den Regen auf seinem Gesicht.

„Gut, gehen wir“, sagte er zu seinen Freunden und machte ein paar Schritte in Richtung des Marktplatzes. Seine Freunde folgten ihm, wobei Montag Tessis Rollstuhl schob. Keiner sagte ein Wort. Alle waren sie enttäuscht. Hatten sie noch vor fünf Minuten davon geträumt, vielleicht einen großen Kunstschatz zu finden, war dieser Traum nun wie eine Seifenblase geplatzt. Sie mussten sich eingestehen, dass sie sich getäuscht hatten. Zorro zog die Kapuze seiner Jacke nach vorn und vergrub seine Hände anschließend tief in den Jackentaschen. Mit hängenden Köpfen gingen sie zum Marktplatz. Da merkte Zorro plötzlich, dass ihm etwas fehlte. Seine Schlüssel. Er hatte sie vorhin noch in die Jackentasche gesteckt. Da war er sich ganz sicher. Doch nun waren sie nicht mehr dort.

Eilig ging er im Kopf noch einmal alle Stationen durch. Wo konnte er die Schlüssel verloren haben? Er war sich sicher, dass er sie im Bus und auch nach dem Aussteigen noch gehabt hatte. Also musste er sie danach verloren haben. Aber wo? Eilig drehte er sich um seine eigene Achse und inspizierte den Boden. Vielleicht irgendwo hier auf der Straße, als sie gekommen waren? Doch alles, was auf dem Boden glitzerte, waren der Regen und die kleinen Pfützen, die sich im Schein der Laternen spiegelten.

„Was ist los?", fragte Tessi.

„Ich kann meine Schlüssel nicht finden", sagte Zorro ohne den Blick von der Straße zu nehmen. „Ich hatte sie vorhin noch und nun sind sie weg."

„Hast du vielleicht ein Loch in der Jackentasche?", fragte Backe.

„Nein, ganz sicher nicht", sagte Zorro. „Ich weiß, dass ich sie eben noch hatte, und nun sind sie weg."

„Ja, dann gehen wir eben noch einmal zurück", sagte Montag und steuerte den Rollstuhl nach rechts. „So weit sind wir ja noch nicht gelaufen."

Zorro lief ein wenig schneller vorweg und erreichte als erster die Tür des Ladens. Und tatsächlich, vor ihm auf dem Boden lag sein Schlüsselbund. Er musste ihn verloren haben, als er die Tür vorhin geöffnet hatte. Zorro bückte sich, um die Schlüssel aufzuheben, als er plötzlich innehielt. Vor sich erspähte er einen matschigen Schuhabdruck. Für einen kurzen Moment dachte er, dass es sein eigener wäre, aber dann sah er die Größe. Der Schuhabdruck war viel größer als seine Schuhe. Und er konnte nicht sehr alt sein. Rund um den Schuhabdruck war alles nass. Aber dort, wo der Abdruck zu sehen war, gab es nur diese Matschschicht.

Wie lange mochte so ein Abdruck bleiben? Vier oder fünf Stunden?

„Ist dir nicht gut?", hörte Zorro hinter sich fragen.

Er drehte sich um und lächelte. „Doch, doch, alles bestens", sagte er. „Kommt mal vorsichtig her. Ich habe hier vielleicht etwas!"

Backe und Montag kamen zu Zorro herüber. Nur Lilly blieb bei Tessi stehen.

Zorro deutete auf die Stelle am Boden.

„Was ist das?", fragte Backe und beugte sich vor.

„Ein Schuhabdruck", stellte Montag fest. „Und der ist nicht alt. Jemand war hier – und zwar vor nicht allzu langer Zeit. Jemand mit großen Füßen."

„Balduin Goldacker hatte bestimmt nicht so große Füße. Auf dem Bild wirkte er sehr klein", sagte Backe.

„Stimmt", pflichtete Zorro ihm bei.

„Also ein anderer Mann", sagte Montag. Die drei Jungs nickten.

Dann erhob Zorro sich und öffnete die Tür erneut. Dieses Mal versuchte keiner der anderen beiden Jungs ihn aufzuhalten. Nur Lilly und Tessi sahen erstaunt auf, als sie bemerkten, dass die drei die Galerie betraten.

Drinnen schlug ihnen ein stechender Geruch nach Lösungsmitteln, Staub und altem Metall entgegen. Hinzu kam der Geruch von feuchtem Mauerwerk. Erneut sahen die Jungs sich um. Der Lichtschein zweier Laternen, der von draußen durch die verschmutzten Scheiben fiel, tauchte den Raum in ein schummriges Licht. Die Gegenstände, wie Verkaufstisch, Lampe oder der Garderobenständer, warfen düstere Schatten an die Wände. Zorros Blick fiel auf die Tapetenfetzen, die an mehreren Stellen von den Wänden hingen. Irgendwo draußen knatterte ein Moped vorbei. Wie auf ein geheimes Zeichen hielten die Jungen inne und lauschten. Doch es war nichts zu hören. Kein surrender Kühlschrank, keine tickende Uhr. Es war mucksmäuschenstill im Raum. Wenn außer ihnen noch jemand hier war, dann war dieser Jemand sehr leise.

Ein plötzliches Knacken ließ Montag und Zorro zusammenzucken.

„Sorry, hier lag ein Plastikbecher", sagte Backe kleinlaut. Zorro nickte stumm. Er ließ seinen Blick über den Boden gleiten und wirklich, da waren weitere Fußspuren.

„Seht mal hier", sagte Zorro und deutete auf die Stelle. „Hier sind weitere Spuren."

Backe und Montag sahen in die angezeigte Richtung.

„Okay", sagte Montag plötzlich. „Ich will kein Spielverderber sein, aber ist es nicht möglich, dass die Spuren ganz harmlos sind? Es könnten doch die Fußspuren des Vermieters sein, der mal nach dem Rechten sehen wollte, weil er die Galerie neu vermieten will? Vielleicht war auch nur ein Handwerker hier, der die Heizung überprüft hat?"

Zorro nickte. Nur sagte ihm etwas, dass dem nicht so war.

„Es sieht doch so aus, als wäre diese Galerie schon seit Jahren nicht mehr betreten worden", sagte Zorro. „Klar, es kann sein, dass der Vermieter oder ein Handwerker hier gewesen sind. Aber wenn ein Vermieter die Galerie neu vermieten wollte, müsste er sie doch erst einmal herrichten. In diesem Zustand würde doch niemand diese Galerie mieten, oder?"

„Wahrscheinlich nicht", seufzte Backe.

„Mein Gefühl sagt mir, dass die Galerie nicht neu vermietet wird", sagte Zorro und machte ein paar Schritte auf die Rückwand zu. Vor ihm hing ein großes Stück Tapete von der Wand. Links von ihm, in einem Winkel versteckt, entdeckte Zorro eine kleine Tür. Vielleicht befand sich dahinter die Teeküche oder eine Toilette?

„Ein Gefühl?", fragte Backe skeptisch, der nun hinter Zorro auftauchte.

„Ja, ich weiß, das klingt nicht gerade überzeugend", seufzte Zorro.

„Ich glaube, Zorro hat recht", mischte Montag sich nun ein, der hinter dem Verkaufstresen stand und nacheinander die dort befindlichen Schubladen herauszog.

„Könnt ihr mich einmal aufklären?", fragte Backe und sah zwischen seinen Freunden hin und her.

Montag sah von den Schubladen auf und sagte: „Die Visitenkarte, die Zorro gefunden hat. Da stand doch diese Adresse drauf."

„Ja und?", sagte Backe.

„Die Karte war nicht alt. Sie war nicht vergilbt oder schmutzig. Sie sah neu aus. Warum würde aber jemand eine solche Karte nutzen, wenn es die dazugehörige Adresse nicht mehr gibt?", erklärte Montag und widmete sich wieder dem Verkaufstresen.

„Aber …“, stotterte Backe. „Warum nutzt jemand eine Visitenkarte, die auf diese Galerie hinweist? Hier ist nichts! Das ist eine Bruchbude, ein Loch, ein Schuppen, eine Bretterbude, ein Verschlag, eine Baracke, eine …“

„Wir haben es verstanden“, lachte Zorro. Nachdem er sich beruhigt hatte, fügte er hinzu: „Das lässt mir ja auch keine Ruhe. Warum nutzt jemand eine Visitenkarte, die zu so einem Ort führt?“

Nun stieß auch Montag wieder zu ihnen. Gemeinsam gingen sie zu der kleinen Tür. Zorro sah noch einmal auf den Boden und erkannte, dass auch die Fußspuren in diese Richtung führten. Was mochte sich hinter der Tür befinden? Er legte seine Hand auf die Türklinke und drückte. Die Tür ließ sich öffnen. Zorro war erleichtert, dass sich dahinter keine schmutzige Toilette befand. Er tastete in die Dunkelheit und fand tatsächlich einen Lichtschalter. Er drückte den Schalter und hielt im nächsten Moment den Atem an.

„Ach du grüne Neune!“, sagte Backe und sog die Luft ein.

Sie blickten in eine Art Rumpelkammer. Doch diese hier würde selbst den eingefleischtesten Messie[1] in den Wahnsinn treiben. An den Wänden standen alte Holzregale. Doch diese waren kaum zu sehen, denn die Regalbretter quollen über von Stoffresten, Papprollen, Bechern, Kabeln, alten Farbeimern, Schmutzlappen, Schachteln, Konservendosen, Plastiktüten und anderen Dingen, die nicht genau zu bestimmen waren. In der Mitte des Raumes lag zudem ein rostiges

---

1 Messie = ein sehr unordentlicher Mensch

Fahrrad, an dem beide Reifen fehlten, eine Sammlung alter Besen und unzählige Stapel von Zeitschriften und Zeitungen. Nur an einer Wandseite stand kein Regal. Dafür hing dort ein billiges Bild, das ein Schloss auf einem Hügel im Abendrot zeigte.

„Lange halte ich es hier nicht aus", sagte Montag und hielt sich die Nase zu. Erst jetzt bemerkte Zorro den Geruch – nein, es war Gestank. Es stank nach altem Gummi, Lösungsmitteln und Schweiß. Besonderes Letzteres ließ Zorro stutzen. Er dachte wieder an die Fußspuren. Wenn es hier nun nach Schweiß roch, dann war dies doch nur ein weiterer Hinweis dafür, dass erst vor Kurzem jemand hier gewesen war. Mittlerweile hatten auch Backe und Montag bemerkt, dass die Fußspuren direkt in den Raum führten.

„Was will man denn hier finden?", fragte Backe und schüttelte den Kopf.

„Keine Ahnung", sagte Montag.

„Sehen wir nach", sagte Zorro und betrat den Raum.

„Du willst dich doch jetzt nicht wirklich durch dieses Zeug da wühlen", meinte Backe angeekelt.

„Kommt, wir nehmen uns jeder einen der alten Besen und wühlen mit den Stielen ein wenig herum. Vielleicht stoßen wir so auf etwas?", erklärte Zorro.

„Wenn du meinst", seufzte Backe, der nicht überzeugt war.

„Ich weiß auch nicht, wonach wir suchen sollen, aber ihr habt selbst gesehen, dass die Spuren hier in den Raum führen. Vielleicht ist dort irgendetwas versteckt?"

„Wie du meinst“, sagte Montag und bückte sich, um einen der Besenstiele aufzuheben. In den nächsten Minuten wühlten die drei Jungs mit ihren Stöcken in dem Krempel herum, der überall verstreut lag. Doch bis auf weitere Zeitungen, einige alte Keksdosen, eine kaputte Kaffeemaschine und zwei Paar abgetragener Schuhe förderten sie nichts zutage. Backe war es, der als Erster seinen Besenstiel an die Wand zurückstellte und aufgab.

„Das bringt doch nichts!“, sagte er und wischte sich die Hände an der Hose ab. „Hier ist nichts. Das ist alles nur Dreck.“

„Ja, ich gebe Backe recht“, sagte Montag. „Ich fürchte auch, dass wir hier nichts finden. Vielleicht war hier etwas, aber das ist jetzt weg.“

Zorro nickte. Er musste seinen Freunden zustimmen. Hier war nichts mehr. Nichts, was ihnen weiterhelfen würde. Nur, warum war die Frau in dem roten Kostüm zur Pressekonferenz gekommen und warum so plötzlich verschwunden? Und warum hatte sie die Visitenkarte zurückgelassen? Es musste doch einen Grund geben, warum sie hierher kommen sollten? Schweren Herzens stellte auch Zorro seinen Besenstiel zurück an die Wand und folgte seinen beiden Freunden, als diese den Raum verließen. Noch einmal durchstreiften sie die Galerie, konnten aber bis auf eine kleine Teeküche und eine Toilette nichts weiter entdecken. Als sie die Galerie schließlich verließen, drehte Zorro sich noch einmal um und sah zurück. Hatten sie vielleicht etwas übersehen? Gab es doch irgendwo einen Hinweis oder ein Versteck, das ihnen entgangen war? Zorro wusste es nicht. Aber er hatte das starke Gefühl, doch etwas übersehen zu haben. Etwas, das ganz offensichtlich vor ihnen lag, das er nur nicht erkannte. Dann zogen sie die Tür hinter sich zu. Draußen hatte sich der Regen beruhigt. Es nieselte nur noch leicht. Schnell berichteten die Jungs den Mädchen, was sie entdeckt hatten.

„Eine weitere Sackgasse also“, sagte Tessi enttäuscht. Zorro nickte. Es sah ganz so aus. Langsam gingen sie die Straße in Richtung des Marktplatzes zurück.

„Womöglich sollten wir die Suche aufgeben“, schlug Backe vor. „Hatten deine Eltern dir nicht versprochen, dass du dir im Keller einen Probenraum einbauen darfst?“

Zorro nickte.

„Ich fände es viel besser, wenn wir uns darum kümmern würden“, sagte Backe.

Erneut nickte Zorro. Eigentlich dachte er genauso. Was war aus seiner Karriere als Hip-Hopper in Dösterfelde geworden? Bisher nicht viel. Anstatt hier irgendwelchen Bildern nachzulaufen, war es sicherlich spannender, wenn sie sich der Musik widmen würden. Und es stimmte ja, dass er im Schloss die besten Bedingungen dafür hatte.

„Okay“, sagte Zorro. „Dann treffen wir uns am Donnerstag bei mir. Was meint ihr? Wir können dann schon einmal überlegen, wie wir den Probenraum einrichten wollen.“

„Ja, super“, sagten Backe und Montag zeitgleich.

5. Falsche Identität

Das Feuer prasselte im Kamin und warf lange Schatten an die Wände. Die Schatten verliehen den Männern und Frauen auf den Ölgemälden seltsame Grimassen. Manchmal sah es so aus, als hätte eine der Damen plötzlich einen Bart oder einer der Männer zwei lange Walrosszähne. Zorro und Tessi hatten eine Weile gebraucht, bis sie sich an die zahlreichen Beobachter bei Tisch gewöhnt hatten. Ringsum, an den Wänden des Speisesaals, hing die Ahnengalerie derer zu Döster-Waldberten, oder wie die Familie hieß. Grafen oder Barone. So genau wusste Zorro das nicht und es interessierte ihn auch nicht. Es waren einfach Menschen in fremd anmutenden Gewändern, aus einer Zeit, die Jahrhunderte zurücklag.

Der schwere Esstisch zog sich fast durch den gesamten Speisesaal. Die Beine des Tisches waren klobig und an den Füßen prangten Löwenköpfe. Auf dem Tisch standen immer drei Kerzenleuchter aus Silber sowie eine gewaltige silberne Obstschale in der Form eines Schwans. Zorro konnte sich nicht daran erinnern, dass jemals jemand sich Obst aus der Schale genommen hatte. Seine Mutter achtete dennoch genau darauf, dass die Schale immer gefüllt war. Auch wurde an jedem Abend das gute Geschirr aufgedeckt. Wertvolle Porzellanteller mit Goldrand, Kristallgläser und das verzierte Silberbesteck. Zorro fand es absurd so aufzudecken, nur um dann Kartoffelsuppe mit Würstchen zu servieren, oder Frikadellen mit Kartoffelbrei. Überhaupt hatten Zorro und Tessi es zunächst albern gefunden, im Speisesaal des Schlosses zu essen. Lieber saßen sie in der Schlossküche an dem alten, schrulligen Eichentisch. Dort, in Sichtweite des gusseisernen Herdes mit den Feuerklappen und den darüber hängenden Kupfertöpfen, fühlten sie sich wohler. Aber ihre Mutter hatte darauf bestanden, den Speisesaal zu nutzen. Überhaupt war es ihre Mutter, die sich am meisten aus dem Schloss und allem, was dazugehörte, machte. Sie genoss es, wenn sie beim Schlachter oder Milchmann im Ort als „Frau Gräfin" oder „Frau Baronin" angesprochen wurde – obwohl sie nichts von beidem war. Sie lachte dann und gab sich bescheiden. Sie sei doch einfach „die Tina", sagte sie dann oder bei Fremden die „Frau von Frangenberg". Aber Zorro wusste, dass seine Mutter Spaß an den Titeln hatte, und er nahm es ihr nicht mehr übel. Nachdem er, vor und während seiner Entführung, so an der Liebe seiner Eltern gezweifelt hatte, war er sich nun umso sicherer die besten Eltern der Welt zu haben. Waren sie auch verschrobene Bücherwürmer, wie sein Vater, oder eben mit einem Adelstick ausgestattet, wie seine Mutter. Und so hatten Tessi und er sich an die große Tafel im Speisesaal gewöhnt. Ebenso wie an das Hausmädchen oder die Köchin, die ihre Mutter kürzlich eingestellt hatte.

Zorros Vater saß am Kopf des Tisches und zerlegte ungeschickt den Fisch, der vor ihm auf dem Teller lag.

„Johann!", tadelte ihn Zorros Mutter. „Das sieht ja aus, als würdest du den Fisch in seine Atome zerlegen wollen."

Zorros Vater sah auf und blickte dann auf das Chaos auf seinem Teller.

„Warum essen wir denn nicht einfach Fischstäbchen? Die sind einfacher zu schneiden“, sagte Zorros Vater und legte Messer und Gabel neben seinen Teller.

„Ach, Fischstäbchen möchte der Herr?“, sagte seine Mutter mit unüberhörbarer Geringschätzung.

Es war fast so, als hätte sein Vater sich einen Hamburger mit Pommes oder gar einen Döner gewünscht. Und wahrscheinlich war es auch so. Zorros Vater machte sich aus seiner adeligen Abstammung in etwa so viel, wie Zorro sich aus Volksmusik machte – nämlich nichts. Johann von Frangenberg lebte mit Büchern und für Bücher. Schon morgens zog er sich in sein Studierzimmer zurück, um die zahlreichen Manuskripte einzusehen, die der Frangenberg-Verlag jeden Monat zugeschickt bekam. Wenn sein Vater so in seine Arbeit vertieft war, musste man ihn regelmäßig daran erinnern, dass er essen oder trinken musste. Oder, dass man nach fünfzehn Stunden lesen auch einmal eine Pause machen sollte.

„Ja, Fischstäbchen haben keine Gräten und man kann sie einfach mit der Gabel zerteilen“, sagte sein Vater und schaute etwas hilflos auf den vor ihm liegenden Fisch.

„Ich stelle doch aber keine Köchin ein, um die dann Fischstäbchen braten zu lassen!“, empörte sich Zorros Mutter.

„Für uns hättest du auch keine Köchin einstellen müssen“, sagte Tessi mit einem breiten Grinsen und schob sich sogleich ein Stück Karotte in den Mund.

Zorros Mutter blickte nun energisch zu Tessi. „Natürlich nicht“, sagte sie mit unüberhörbarem Sarkasmus. „Wenn es nach meinen Kindern ginge, dann gäbe es zum Frühstück Brötchen mit Schokokuss, zum Mittag gegrillte Marshmallows an Gummibärchensoufflé mit Vanillesoße und zum Abendbrot Kartoffelchips mit Dip.“

„Für mich würde es auch ein Chicken-Burger tun“, meinte Zorro und schob angewidert den Kopf des Fisches zur Seite.

„Wisst ihr was“, sagte seine Mutter und schnappte nach Luft. „Ihr solltet mir dankbar sein! Ich bin ja wohl die Einzige hier im Haus, die noch etwas von Stil und Etikette versteht. Um mich herum – nur Barbaren!“

Am spitzbübischen Blick seines Vaters erkannte Zorro, dass dieser sich über die Situation amüsierte. So sehr sein Vater seine Mutter liebte, so sehr genoss er es, sie mit ihrem Adelstick und ihrem Sinn für Tradition, Stil und Anstand zu necken. Zorros Mutter seufzte einmal tief und wandte sich dann wieder ihrem Essen zu.

„Ich habe einen Brief vom Büro des Ministerpräsidenten erhalten“, sagte sie wieder ruhiger, ohne von ihrem Teller aufzusehen.

„Du hast was?“, fragte Tessi erstaunt und ließ ihre Gabel fallen.

„Der Ministerpräsident hat uns – also mir – geschrieben. Er will uns einladen. Zu einem Empfang.“

„Warum?“, fragte Tessi.

„Einmal freut er sich natürlich, dass der Frangenberg-Verlag von Hamburg hierher umgezogen ist und zum anderen sind sie dankbar, dass sich ein Käufer für das Schloss gefunden hat. Deshalb bittet uns unser Ministerpräsident, Dr. Arnsberg, am 3. November zum Jahresempfang in die Staatskanzlei."

„Uns allein?", fragte Zorro.

„Quatsch!", sagte Tessi. „Da sind sicherlich noch etliche andere Leute eingeladen, die sich um irgendetwas verdient gemacht haben."

„Klingt wenigstens spannender als eine Einladung zur Gartenparty bei der Baronin von Stinke-Füße", kommentierte Zorros Vater.

„Freifrau zu Stenkel-Fößen!", protestierte seine Mutter. Zorro und Tessi mussten lachen.

„Was auch immer", brummelte der Vater.

„Ja, und darf ich nun zusagen?"

„Ja, von mir aus ..."

„Und es wäre mir sehr recht, wenn meine Familie dann ein wenig Benehmen bei Tisch zeigen könnte", sagte Zorros Mutter und wandte sich erneut ihrem Essen zu.

„Keine Angst, wir werden uns schon keinen Ketchup auf die Austern gießen", versprach Tessi.

„Und keine Plastiktüten mit Colaflaschen mitbringen", ergänzte Zorro.

„Und ich verspreche die Suppenkelle am Buffet nicht abzulecken", schloss Zorros Vater.

„Da bin ich ja beruhigt", sagte Zorros Mutter und schnitt den Fisch auf ihrem Teller elegant mit ihrem Fischmesser auf.

Nach dem Abendessen zogen Zorro und Tessi sich auf Tessis Zimmer zurück. Tessi wollte eigentlich noch ein wenig am Laptop programmieren, aber Zorro lag nun auf ihrem roten Sofa und lenkte sie mit seinen Fragen ab.

„Was meinst du, Schwesterherz, warum hat die Frau die Visitenkarte hinterlassen? Ich meine, wenn in der Galerie gar nichts Wertvolles ist? Warum wollte sie, dass wir in die Galerie gehen?", fragte Zorro und sah dabei aus dem großen Fenster der Balkontür.

Tessi rollte ein Stück vom Schreibtisch zurück und drehte sich dann zu Zorro um: „Vielleicht wollte sie gar nicht, dass wir in die Galerie gehen …?"

„Aber was sollte dann die Sache mit der Karte?"

„Wer sagt uns denn, dass wir dorthin gehen sollten? Vielleicht ging es nur um den Namen?", vermutete Tessi.

„Den Namen?"

„Balduin Goldacker", sagte Tessi. „Vielleicht wollte die Frau nur, dass wir auf den Namen kommen."

„Um dann *was* damit zu machen?", fragte Zorro.

„Das weiß ich nicht, aber das können wir vielleicht im Netz herausfinden", sagte Tessi und wandte sich wieder ihrem Laptop zu. „Lass uns doch einmal nachsehen, was wir zu Balduin Goldacker finden!"

Im nächsten Moment hörte Zorro das Geräusch von Tessis Fingern, die auf die Tastatur des Laptops einhämmerten. Dazu murmelte Tessi vor sich hin. Das war etwas, das sie immer tat, wenn sie sich konzentrierte. Ein Grinsen huschte über Zorros Gesicht. Vor gerade einmal drei Stunden hatten sie noch darüber gesprochen, die Geschichte mit den Bildern fallen zu lassen. Nun waren sie wieder mittendrin in der Suche nach den Kunstschätzen. Aus irgendeinem Grund dachte Zorro plötzlich nochmals an die Kiste in der Dachstube. Die Seidenhandschuhe, die Tischdecke mit den Spitzen, das bestickte Taschentuch und die Weinflasche. Warum hatte jemand diese Sachen aufbewahrt? Und auch noch so, als wollte er, dass sie nie benutzt würden? Der Gedanke ließ Zorro keine Ruhe. Er schwang sich auf, wischte sich eine Haarsträhne aus der Stirn und ging mit zwei Schritten zu seiner Schwester.

„Tessi, ich gehe noch mal eben kurz auf den Dachboden. Ich bin gleich wieder da“, sagte er und tätschelte sie an der Schulter.

Noch bevor Tessi antworten konnte, war Zorro aus dem Raum gegangen. Mit großen Schritten eilte er die gewaltige Freitreppe hinauf. Kurz darauf stand er vor der Tür, hinter der die Stiege auf den Dachboden führte. Er öffnete die Tür. Obwohl er genau wusste, was ihn oben erwartete, hielt er für einen Moment inne. Es war dieses Mal dunkler als beim letzten Besuch. Kein Wunder, schien am Abend ja auch kein Sonnenlicht mehr durch das runde Fenster in die Dachkammer. Zorro sah sich kurz um und entdeckte dann einen schwarzen Schalter zum Drehen. Er drehte den Knopf und irgendwo auf dem Dachboden ging ein Licht an. Langsam erklomm er die steile Stiege. Das Knarren der einzelnen Stufen kam ihm schreiend laut vor. Dann stand er am oberen Ende der Treppe. Die nackte Glühbirne, die das Licht spendete, hing genau in der Mitte des Dachbodens. Er hatte sie bei ihrem letzten Besuch überhaupt nicht bemerkt. Aber er war froh, dass es eine Glühbirne gab. Im Dunkeln hätte er die Kiste nicht wiedergefunden. Zorro sah den Dachboden entlang. Die einzelnen Gegenstände warfen im Licht der Glühbirne seltsam verzerrte Schatten an die Wände. Stuhlbeine waren lang und schräg, Krüge immens groß, ein alter Globus wirkte wie ein gewaltiger Kopf und der Schatten des samtenen Sofas sah aus wie eine Hügellandschaft. Kurz überlegte Zorro, ob er nicht doch wieder umkehren sollte. Aber was sollte ihm hier passieren? Er war schließlich in seinem Haus, oder besser gesagt, in seinem Schloss und aus dem Alter, in dem er noch an Gespenster geglaubt hatte, war er raus.

Er atmete tief durch, dann ging er in Richtung des runden Fensters. Irgendwo da vorn musste die Kiste stehen. Dann fand er sie. Montag hatte sie wieder an ihren ursprünglichen Ort zurückgestellt. Zorro bückte sich und hob die Kiste an. Sie war schwer. Rechts und links hatte sie je einen metallenen Griff, an denen man sie hochheben konnte. Zorro wuchtete die Kiste hoch und stellte sie auf einen Tisch, der mit einem großen Bettlaken abgedeckt war. Er fuhr mit den Händen über das Holz. Es fühlte sich seltsam warm an. Beim letzten Besuch auf dem Dachboden hatte er sich die Kiste gar nicht genau angesehen. Doch selbst im fahlen Licht der einzelnen Glühbirne war die Schönheit der Kiste nicht zu übersehen. Sie war aus massivem Holz, wahrscheinlich Eiche, und blaugrau angemalt. Dazu befanden sich auf der ganzen Kiste kunstvoll gemalte Rosen, Tulpen und Gänseblümchen. An der Vorderseite befand sich ein großes Messingschloss. Zorro kannte sich mit dieser Art Möbeln nicht gut aus, doch seine Mutter hatte eine ähnliche Kiste im Flur stehen. Sie war weit größer und grasgrün angemalt. Aber auch auf ihr befanden sich kunstvolle Darstellungen verschiedener Blumen und Szenen aus dem bäuerlichen Leben. Man nannte das Bauernmalerei, hatte Zorro erfahren. Doch was konnte man daraus nun schließen? Der wertvolle Inhalt der Kiste gehörte bestimmt keinem Bauernmädchen. Es war der Besitz einer wohlhabenden Frau gewesen. So viel erkannte selbst Zorro sofort. Er ließ das Schloss erneut aufschnappen und klappte den Deckel auf. Der Inhalt lag noch immer genauso in der Kiste, wie sie ihn zurückgelassen hatten. Die alte Weinflasche war auf ein Bett aus Taschentüchern, Bettlaken und Tischdecken sowie den Samthandschuhen gelegt. Zorro ergriff den Hals der Flasche und betrachtete das Etikett erneut. Er konnte nichts Auffälliges entdecken. Sicherlich war es nur verwunderlich, dass sich überhaupt eine Weinflasche in der Kiste befand. Seines Wissens gehörte so etwas nicht zur Aussteuer einer jungen Braut. Vorsichtig hob Zorro die Tischdecken und Samthandschuhe hoch. Doch darunter befand sich nichts Besonderes. Behutsam klopfte er die Wände der Kiste von innen ab, aber auch hier ergab sich nichts. Es gab kein Geheimfach. Für einen Moment überlegte Zorro, dann entschloss er sich, die Kiste wieder zu verriegeln. Er nahm sie an den beiden Griffen und war gerade dabei sie anzuheben, als sein Blick auf die Stelle fiel, an der die Kiste ursprünglich gestanden hatte.

Langsam ließ Zorro die Kiste wieder auf dem Tisch nieder. Er zwängte sich an dem Tisch vorbei und beugte sich dann zur Wand. Schon beim ersten Besuch hier oben hatte Zorro bemerkt, dass die Wände tapeziert waren. Mit altmodischen Blümchentapeten. Es hatte ihn zwar gewundert, aber er hatte sich nichts dabei gedacht. Doch nun bemerkte er, dass an einer Stelle in der Wand ein kleines Loch klaffte. Nur etwa zwei Zentimeter groß. Und es hatte die Form – eines Schlüssellochs.

Ein Schlüsselloch in der Wand? Zorro quetschte sich nun ganz um den Tisch und hockte sich an die Stelle, an der die Kiste gestanden hatte. Sachte betastete er die Stelle mit dem Loch. Es war tatsächlich ein Schlüsselloch. Eines wie für einen alten, schweren Eisenschlüssel. Doch wenn es hier ein Schlüsselloch gab, musste es auch eine Tür geben. Zorro erkundete die Umgebung des Schlüssellochs, aber auf den ersten Blick war keine Tür zu sehen. Langsam glitt Zorro mit den Fingerspitzen über die Tapete. Die Wand dahinter fühlte sich massiv an. Er klopfte sanft. Nichts. Kein Hohlraum schien dahinter zu liegen. Doch dann erspürte er etwas. Es war nur eine kleine Mulde, eine winzige Vertiefung. Zorro merkte sich den Punkt und ließ den Finger nun langsam nach oben gleiten. Und in der Tat, die Vertiefung setzte sich fort. Zorro drückte auf die Vertiefung, um die Stelle so zu markieren. Dann erhob er sich und sah sich um. Er brauchte etwas Dünnes und Spitzes. Hatte er nicht irgendwo einen einzelnen Schraubenzieher herumliegen sehen?

Zorro drückte sich abermals am Tisch vorbei und ging schnellen Schrittes den Dachboden entlang. Irgendwo bei der Treppe hatte er ihn gesehen. Und tatsächlich, dort lag ein kleiner Schraubenzieher auf dem Boden. Er war schon stark angerostet und hatte einen hölzernen Griff. Zorro ergriff den Schraubenzieher und eilte wieder zurück. Schnell fand er die markierte Stelle wieder und setzte nun den Schraubenzieher an. Er drückte die Spitze in die Mulde. Dann riss das Papier der Tapete. Langsam ließ er den Schraubenzieher nun nach unten weitergleiten. Als er am Boden angelangt war, setzte er den Schnitt nach oben fort. Nach ungefähr einem Meter fünfzig verlief der Spalt für etwa fünfzig Zentimeter waagerecht nach rechts und dann wieder zum Boden, wobei Zorro zwei Scharniere überspringen musste. Hier befand sich tatsächlich eine Tür. Zorro nahm nun den Schraubenzieher und schob ihn in das Schlüsselloch. Er verkeilte ihn ein wenig und zog dann an dem Griff. Aber nichts. Die Tür ließ sich so nicht öffnen. Zorro überlegte einen Moment. Hatten sie vielleicht noch irgendwo im Haus einen Schlüssel, von dem sie nicht wussten, wofür dieser zu nutzen war? Zorro konnte sich nicht daran erinnern. Schweren Herzens beschloss er, es für heute aufzugeben und in Ruhe zu überlegen, wie man diese Geheimtür öffnen könnte. Er schob sich am Tisch vorbei, stellte dann die Kiste wieder an ihren angestammten Platz und ging zurück zu Tessi.

Als Zorro Tessis Zimmer betrat, saß diese schon mit einem breiten Grinsen auf ihrem Sofa. Ihr Rollstuhl stand rechts von ihr. Sie hatte ihre Beine auf den kleinen Couchtisch gewuchtet und balancierte den Laptop auf ihren Oberschenkeln. Mit der linken Hand klopfte sie auf den freien Platz neben sich, als sie Zorro im Türrahmen erblickte.

„Komm, setz dich, Bruderherz", sagte Tessi und sah dann wieder auf ihren Bildschirm.

„Hast du etwa was gefunden?", fragte Zorro.

Tessi nickte. Schwungvoll ließ Zorro sich auf den freien Platz neben seiner Schwester fallen und sah auf den Monitor ihres Laptops.

„Sieh hier", sagte Tessi und öffnete ein Fenster. Es war die Website einer Online-Enzyklopädie. Tessi hatte dort nach Balduin Goldacker gesucht und einen langen Eintrag samt Foto gefunden. Es war das gleiche Bild, welches sie auf dem Dachboden entdeckt hatten.

„Und was steht dort?", fragte Zorro.

„Der Mann ist interessant", sagte Tessi und holte tief Luft.

„Interessant?", fragte Zorro.

„Ja, er ist zwar ein Kunstmaler, aber kein besonders erfolgreicher. Zumindest nicht mit seiner eigenen Kunst. Zudem hat er eine eindeutig kriminelle Vergangenheit", erklärte Tessi und deutete auf den Monitor. „Hier, siehst du den Artikel?"

„Balduin Goldacker – der Fälscherkönig“, war der Artikel überschrieben. „Der 1934 in Bern in der Schweiz geborene Balduin Goldacker gilt heute als einer der besten Kunstfälscher des 20. Jahrhunderts. Seine Fälschungen führten Kunstkenner in ganz Europa hinters Licht. Das Werk ‚Die Geburt Christi‘, eine Kopie des großen Sandro Botticelli, wurde im englischen Auktionshaus Stolteby’s für umgerechnet 47 Millionen Euro verkauft. Ein Rekordpreis – besonders für eine Fälschung“, las Zorro und staunte nicht schlecht. „47 Millionen Euro!“, wiederholte er.

„Besonders für ein Bild, das vielleicht einen Wert von zweihundert oder dreihundert Euro hatte“, sagte Tessi.

„Und dieser Balduin Goldacker hatte seine Galerie in Muebeck?“, fragte Zorro verstört. „Jemand, der solche Summen verdient, kann sich doch ein Haus oder einen Palazzo in Monaco oder an der Côte d’Azur kaufen. Da zieht man doch nicht nach Muebeck!“

„Lies einfach weiter“, sagte Tessi trocken. Sie scrollte den Bildschirm nach unten. Zorro beugte sich vor.

„Nachdem Goldacker von 1965 bis 1973 zahlreiche Bilder an Sammler in Lateinamerika verkauft hatte, wurde er 1974 verhaftet“, las Zorro und legte seine Stirn in Falten. „Warum wurde er verhaftet?“

„Tja, nicht der Fälschungen wegen“, sagte Tessi. „Nur hat seine Galerie, über die er die Bilder in Lateinamerika verkaufte, nie Steuern bezahlt. Obwohl die ja gute Geschäfte dort gemacht hatte.“

Zorro las weiter: „Goldacker wurde daraufhin in Brasilien zu sieben Jahren Haft verurteilt. Nach seiner Entlassung aus dem Gefängnis kehrte er verarmt nach Deutschland zurück. Dort eröffnete er eine kleine Galerie in einer Kleinstadt. Anfang 2004 verschwand Goldacker plötzlich spurlos. Die Polizei weiß bis heute nicht, wo er sich aufhält", endete Zorro.

„Eine spannende Geschichte, oder?", fragte Tessi.

„Ja, klar", sagte Zorro. „Aber sind wir nun irgendwie schlauer?"

„Hier ist noch ein weiterer Artikel", sagte Tessi und öffnete eine andere Website.

„Was steht da?", fragte Zorro, der keine Lust hatte sich noch einmal durch den ganzen Text zu lesen.

„Da steht, wo Balduin Goldacker seine Galerie in Brasilien hatte. Rate mal wo?", sagte Tessi.

„Keine Ahnung", antwortete Zorro.

„Genau dort, wo man auch Onkel Ludwig vermutet!"

Zorros Unterkiefer fiel nach unten.

„Also, du meinst, Onkel Ludwig hat irgendetwas mit diesem Goldacker zu tun? Meinst du, er ist der Bilder wegen nach Brasilien gefahren?", fragte Zorro.

„Na, verwunderlich wäre es nicht", sagte Tessi. „Wäre doch schon ein großer Zufall, wenn es ein Zufall wäre."

Zorro rieb sich das Kinn. Gedankenverloren starrte er auf Tessis Bett. Wie passte all das nun zusammen? Er begann den Überblick zu verlieren. Dringend musste er noch einmal alles durchgehen. Sein Onkel Ludwig war vor vielen Jahren in eine Galerie eingebrochen, um dort Bilder zu stehlen. Sein

Komplize und er wurden allerdings geschnappt und kamen ins Gefängnis. Bei den Bildern handelte es sich ausnahmslos um große Meisterwerke. Diese blieben auch nach der Verurteilung verschwunden, da weder Onkel Ludwig noch sein Komplize im Gerichtssaal etwas gesagt hatten. Nach seiner Entlassung setzte Onkel Ludwig sich nach Brasilien ab. Sein Komplize, Thomas Fichter, wurde erst später entlassen. Als Fichter merkte, dass die gestohlenen Bilder nicht mehr in ihrem Versteck waren, glaubte er, Onkel Ludwig hätte sie an sich genommen und wäre mit ihnen nach Brasilien geflohen. Deshalb schmiedete er den Plan zu Zorros Entführung. So wollte er Geld von Zorros Vater erpressen. Es sollte eine Entschädigung für die entgangene Beute sein. Doch die Bilder waren bis heute nicht wieder aufgetaucht.

Und nun stellte sich heraus, dass Onkel Ludwig in Brasilien genau an einem Ort war, an dem ein weltbekannter Fälscher jahrelang große Kunstwerke verkauft hatte. Kunstwerke, die sich später als Fälschungen erwiesen hatten. War Onkel Ludwig tatsächlich mit der Beute aus dem Überfall nach Brasilien verschwunden? Wollte er nun auch versuchen dort die Bilder zu verkaufen, die er und Thomas Fichter gestohlen hatten? Vielleicht wusste Onkel Ludwig, dass es dort in dem Ort wohlhabende Sammler gab, die sich für Kunstwerke interessierten? Zorro schüttelte den Kopf.

„Was ist?“, fragte Tessi.

„Ich verstehe einfach nicht, wie all das zusammenpasst“, seufzte Zorro. „Entweder sind wir einem internationalen Schmugglerring auf der Spur …“

„Oder was?", hakte Tessi nach.

„Das weiß ich eben nicht", sagte Zorro. „Und immer wieder muss ich an diese Frau von der Pressekonferenz denken. Sie hat mir oder uns diese Visitenkarte dagelassen. Warum? Was sollten wir damit anfangen? Was hilft es uns jetzt, dass wir wissen, wer Balduin Goldacker ist? Es bringt uns den Bildern keinen Schritt näher!"

„Im Moment nicht", sagte Tessi. „Es sei denn …"

„Ja?"

„Vielleicht müssen wir doch noch einmal in die Galerie zurück", sagte Tessi. „Vielleicht haben wir doch etwas übersehen?"

„Aber was soll da gewesen sein?", fragte Zorro. Er war genervt davon, dass sie der Lösung der ganzen Rätsel keinen Schritt nähergekommen waren.

„Ich weiß es nicht", sagte Tessi. „Lass uns doch noch einmal alles durchgehen, was ihr dort gefunden habt."

Zorro grübelte kurz und sagte dann: „Ich erinnere mich an die Stoffbahnen, die Eimer, die Besenstiele, die alten Schuhe und das Bild an der Wand …"

„Das Bild – welches Bild?", fuhr Tessi dazwischen.

„Na, da war so ein Schloss drauf. Ich habe es mir nicht genauer angesehen. Da hing so ein billiges Bild mit irgendeinem Schloss im Abendrot. Ziemlich kitschig", sagte Zorro.

„Ein bekanntes Schloss?", fragte Tessi.

„Ich sage doch, dass ich es nicht weiß", antwortete Zorro.

„Mann, Bruderherz, bei dieser ganzen Geschichte geht es um Bilder. Da liegt es doch nahe, dass dieses Bild irgendetwas mit der Sache zu tun hat!“, sagte Tessi und sah ihren Bruder ungläubig an. „Das muss doch selbst dir einleuchten!“

Zorro zuckte mit den Schultern.

„Okay, ich schlage vor, dass wir morgen in die Galerie zurückkehren. Wenn wir Glück haben, ist das Bild noch da. So, und nun lass mich hier weiterarbeiten. Ich muss noch etwas für die Schule machen“, sagte Tessi und knuffte ihren Bruder in die Seite.

„Habe verstanden“, sagte Zorro und raffte sich auf. „Ach, was ich dir noch gar nicht gesagt habe …“

„Was?“, fragte Tessi, ohne aufzusehen.

„Ich habe oben auf dem Dachboden eine Geheimtür entdeckt“, sagte Zorro.

Nun schaute Tessi auf und musterte ihn. „Eine Geheimtür, sagst du?“

„Ja, so eine Tür, die hinter einer Tapete versteckt war“, antwortete Zorro und fuhr sich mit der rechten Hand durch die Haare.

„Und wo führt die hin?“, fragte Tessi.

„Weiß ich nicht“, sagte Zorro. „Die Tür ist abgeschlossen.“

Tessi nickte und wandte sich dann wieder ihrer Arbeit zu.

„Ja, findest du das nicht bemerkenswert?“, fragte Zorro, erstaunt über die gleichgültige Reaktion seiner Schwester.

„Das ist ein fast fünfhundert Jahre altes Schloss. Da rechne ich mit so etwas“, sagte Tessi nur und klickte die Entertaste auf ihrem Laptop.

6. Schritte in der Wand

Zorro schlenderte in sein Zimmer hinüber und ließ sich in seinen Schreibtischstuhl sinken. Auch er sollte eigentlich noch etwas für die Schule tun. Nachdem er aber sämtliche Hefte lustlos durchgeblättert hatte, packte er sie in seinen Rucksack und stellte diesen neben die Tür.

Dann tat er etwas, das er seit einigen Monaten häufiger tat. Fast jeden Abend. Er griff sich seine Bibel, die neben seinem Bett lag. Ohne Plan blätterte er ein wenig darin herum. Dann erinnerte er sich wieder an die Worte, die Pfarrer Wagner in einer seiner letzten Predigten gebraucht hatte. Nämlich, dass Gott alles sieht. Nicht wie jemand, der uns überprüft oder ausspioniert. Sondern wie jemand, der an unserem Leben teilhaben will. Früher hatte Zorro nie daran geglaubt. Wie sollte Gott denn alle Menschen sehen können? Es gab über eine Milliarde Christen auf der Welt. Gott musste ja absoluter Weltmeister im Multitasking sein, wenn er jederzeit über den Gemütszustand und das Leben all dieser Menschen Bescheid wusste. Doch seitdem Zorro das Erlebnis im Auto während seiner Entführung gehabt hatte, war er sich nicht mehr so sicher. Und überhaupt, konnte man jemanden, der die Welt erschaffen hatte, eigentlich mit normalen Maßstäben messen? Sich die Erde und alles darauf auszudenken, war schließlich auch nichts, was ein Mensch mal so eben erledigen konnte. Ganz gleich, wie gut organisiert derjenige war. Und was er von Sachen wie Projektmanagement verstand. Nein, seit seiner Entführung sah Zorro das ganz anders. Seitdem las er gern und oft in der Bibel und suchte darin Antworten auf all seine Fragen. Dabei folgte er keinem bestimmten Plan. Er schlug die Bibel einfach an irgendeiner Stelle auf und las, was dort stand. Es war oft so, dass die Texte genau passten. So schlug er auch jetzt wieder seine Bibel auf. Er landete beim Brief an die Philipper und las: *„Ermutigt ihr euch gegenseitig, Christus nachzufolgen? Tröstet ihr euch gegenseitig in Liebe? Seid ihr im Heiligen Geist verbunden? Gibt es unter euch Barmherzigkeit und Mitgefühl?"*[2]

Er hatte diese Stelle schon mehrfach gelesen und sie gefiel ihm. Zorro wusste nicht genau, warum. Vielleicht, weil Paulus diesen Text an die Gemeinde in Philippi gerichtet hatte. Eine der ersten christlichen Gemeinden überhaupt. Aber auch, weil es darum ging, sein Handeln zu beobachten. Bin ich ein Ermutiger? Bin ich barmherzig und habe ich Mitgefühl? Manchmal fühlte Zorro sich gegenüber Tessi immer noch schlecht. So oft vergaß er, was Tessi alles nicht mitmachen konnte. Wovon sie durch ihre Behinderung ausgeschlossen war. Er sprach dann wie selbstverständlich davon, dass er mit seinen Freunden tanzen gehen würde oder inlineskaten. Manchmal meinte er dann, in Tessis Augen einen Moment der Traurigkeit zu entdecken. Sie hatte all diese Erfahrungen nie gemacht und würde sie wohl auch nicht machen. Vielleicht hatte Gott ihn und Tessi gerade deshalb

2 Philipper 2,1

zusammengebracht? Er, Zorro, lernte so viel durch Tessi. Tessi wollte sein Mitgefühl nicht, aber sie freute sich, wenn er sie ermutigte. Wie damals beim Schwimmkurs. Sie hatte Angst gehabt, ins Schwimmbad zu gehen und dort in ihrem Rollstuhl herumzufahren. Sie fürchtete sich vor den Blicken der anderen Badegäste. Aber Zorro hatte sie ermutigt. Er hatte versprochen bei ihr zu bleiben. Und dass er ihr beim Schwimmen helfen würde. Es hatte wunderbar geklappt. Zuerst hatten die anderen Gäste sicherlich etwas verwundert geschaut. Doch schon nach einer halben Stunde waren die ersten Freunde von Zorro zu ihnen gekommen. Sie hatten im Warmwasserbecken gesessen und waren dann ins große Becken gegangen. Tessi hatte an Zorros Schulter gehangen und war auf seinem Rücken mitgeschwommen. Dann auf einmal hatte einer von Zorros Freunden vorgeschlagen, doch auf der Wasserrutsche zu rutschen. Zunächst fand Zorro das zu gefährlich, aber dann stimmte er zu. Zu dritt hatten sie Tessi die Treppe hochgetragen. Oben hatte sie sich dann auf seine Oberschenkel gesetzt und war laut kreischend mit ihm durch die enge Wasserrutsche gesaust. Drei Mal.

Doch auch solche Erlebnisse überdeckten nicht, dass er Tessi nur allzu oft vergaß. Noch einmal las er die Stelle. Eines konnte er bejahen. Tessi ermutigte ihn, Jesus nachzufolgen. Wie erstaunt war er zunächst gewesen, als Tessi ihm erzählt hatte, dass sie schon in Hamburg in die Kirche gegangen war. Er konnte es zuerst gar nicht glauben. Aber dann hatte sie von den Besuchen in der St.-Nikolai-Kirche am Klosterstern berichtet. Sie hatte ihm gesagt, wie viel Kraft ihr das gegeben hatte. Und nun half sie Zorro seinen Weg zu finden. Manchmal schien es Zorro, als wäre der gemeinsame Glaube das Band, das sie nahe zueinander brachte. Ein Band, das über alle alltäglichen Schwierigkeiten hinweghalf. Auch genoss er es, dass sie ihm bei der Suche nach den Bildern half. Ja, dass sie ein richtiges Mitglied beim *Weißen Z* war. Verantwortlich für Recherchen und IT. Und darin war Tessi absolute Spitze! Ja, Barmherzigkeit und Mitgefühl gab es unter ihnen. Auch trösteten sie sich gegenseitig. Doch Zorro wusste, dass er aufmerksamer sein musste.

Nun wünschte Zorro sich nichts so sehr, als dass Gott wieder so zu ihm sprechen würde, wie er das damals im Auto getan hatte. Ihm ein Zeichen gab, wonach er suchen sollte. Aber Gott hatte sicherlich Besseres zu tun, als nach einem Kunstschatz zu suchen. Gerade wollte Zorro ins Bad gehen, um sich umzuziehen, als er von einem Geräusch abgehalten wurde. Es waren Schritte. Sehr gedämpft und langsam. War das sein Vater, der endlich aus seinem Arbeitszimmer kam? Zorro ging zu seiner Zimmertür und öffnete diese. Doch im Treppenhaus war es dunkel. Zorro machte einen Schritt in den Gang. Es war niemand zu sehen. Jedoch war Zorro sich sicher, jemanden gehört zu haben.

„Hallo!“, rief er vorsichtig in die Dunkelheit. Es kam keine Antwort. Zorro ging wieder zurück in sein Zimmer und schloss die Tür. Für einen Moment verharrte er und lauschte. Dann hörte er es erneut. Da war es wieder, das Geräusch. Als würde jemand eine Treppe hinaufsteigen. Erneut öffnete Zorro die Tür und sah nach draußen. Aber wieder war niemand zu sehen. Nun machte er ein paar Schritte auf den Flur. Er blickte durch den Lichtschacht im Treppenhaus nach oben. Bloß – nirgendwo war jemand zu sehen. „Hallo?“, fragte er noch einmal in die Dunkelheit. „Ist da wer?“ Es kam keine Antwort. Zorro lauschte noch eine Weile. Hier im Flur war jedoch nichts mehr zu hören. So kehrte er in sein Zimmer zurück und schloss die Tür. Er lehnte sich mit dem Rücken dagegen und legte den Kopf in den Nacken. Zorro schloss die Augen. Er versuchte sich zu konzentrieren. War das Geräusch vielleicht von draußen gekommen? Es gab im Garten eine kleine Treppe. Es waren nur drei Stufen, die vom Bereich der großen Einfahrt vor dem Schloss in den hinteren Garten führten. Zorro ging hinüber zu seinem Schreibtisch, beugte sich über den Tisch und öffnete das Fenster. Er spürte einen kalten Luftzug. Ein leichter Wind rauschte in den Bäumen. Er versuchte draußen etwas zu erkennen, aber es gelang ihm nicht. Aus einem der unteren Zimmer fiel ein Lichtschein nach draußen in den Garten. Indes war keine Bewegung auszumachen. So schloss er das Fenster wieder und wollte gerade ins Bad gehen, als er die Schritte wieder hörte.

Sie klangen nur schwach. Wie die Schritte eines Kindes, oder als ob sie von weit her kämen. Sie waren gedämpft, so als würde er sie durch das Mauerwerk hören. Das Mauerwerk? Zorro ging hinüber zur Wand, hinter der er die Schritte vernahm. Für einen Moment stand er nur davor, unentschlossen, was er nun tun sollte. Dann beugte er sich vor und lehnte seinen Kopf gegen die Wand. Er kam sich albern vor. Was sollte das bringen? Er drehte den Kopf so zur Seite, dass nun sein Ohr direkt an der Wand lag. Und da waren die Schritte wieder. So als drängen sie durch einen langen Tunnel an sein Ohr. Was konnte das sein? Waren das vielleicht nur Mäuse oder Ratten, die sich dort versteckt hielten? Nein, die Schritte klangen wie von einem Menschen. Wie von einem erwachsenen Menschen. Aber hinter dieser Mauer war nichts. Die Mauer war massiv. Bestimmt fünf oder sechs Meter dick. Dahinter folgte der Erker mit der großen Vase. Und dann das Zimmer, in dem die Möbel standen, die gerade nicht gebraucht wurden. Nirgendwo dort gab es eine Treppe. Da war Zorro sich sicher. Es musste also jemand in der Wand sein! Für einen Moment huschte ein Grinsen über Zorros Gesicht. War er nun übergeschnappt? Glaubte er nun bereits an Gespenster? Während er darüber nachdachte, bemerkte er, dass die Schritte verstummt waren. Inzwischen war nichts mehr zu hören. Für einen weiteren Moment blieb Zorro vor der Wand stehen und lauschte. Doch die Schritte kehrten nicht zurück. Nach einer weiteren Minute ging Zorro ins Bad und legte sich anschließend ins Bett, um in einen tiefen, traumlosen Schlaf zu fallen.

Am nächsten Morgen war Zorro schon früh aufgewacht, hatte sich geduscht und dann irgendetwas angezogen. Es hatte ihn an diesem Morgen nicht interessiert. Er hatte sich seinen Rucksack geschnappt und war eilig in die Küche gelaufen, wo – wie jeden Morgen – Tessi schon saß und ihr Müsli aß. Ganz gleich, wann sie ins Bett kamen,

Tessi war immer zuerst auf. Zorros Mutter saß an dem massiven Eichentisch und trug etwas in ihren Kalender ein. Sie sah kurz hoch und nickte Zorro freundlich zu.

„Guten Morgen“, sagte sie und zog seinen Stuhl zurück. Zorro schwang den Rucksack von seiner Schulter, ließ sich auf den Stuhl fallen und griff sich im selben Moment ein Toast aus dem geflochtenen Korb in der Mitte des Tisches.

„Mein Bruder steigt also jetzt auf Vollwerternährung um?“, fragte Tessi spöttisch, während sie sich ihr Müsli nahm.

Zorro warf seiner Schwester einen vernichtenden Blick zu: „Iss du ruhig dein makrobiotisches, glutenfreies Veganerfutter“, sagte er und strich sich einen großen Löffel Schokocreme auf sein Toast. Dann biss er genüsslich hinein.

„Mama, kannst du uns heute nach Muebeck fahren?“, hörte er Tessi fragen. Seine Mutter sah erstaunt von ihrem Kalender auf.

„Nach Muebeck – was wollt ihr denn dort?“

„Da gibt es doch diese Galerie“, erklärte Tessi. „Da wollen wir gern noch einmal hin.“

„Seit wann interessiert ihr euch für Kunst?“, fragte seine Mutter und sah ihre Kinder ungläubig an.

„Es ist doch wichtig sich weiterzubilden“, sagte Zorro.

„Wenn deine Schwester das gesagt hätte, hätte ich ihr das geglaubt. Dir aber nicht“, sagte seine Mutter. „Aber gut, solange ihr nichts anstellt und du auf deine Schwester aufpasst, habe ich nichts dagegen. Wann wollt ihr da sein?“

„Nach der Schule“, entschied Tessi. „Wir haben heute beide nach der Sechsten Schluss.“

„Gut, ich hole euch ab", sagte ihre Mutter und wandte sich dann wieder ihrem Kalender zu. Zorro und Tessi zwinkerten sich zu und aßen ihr Frühstück auf.

Ich dachte, wir wollen uns um die Musik kümmern", murrte Backe und sah nachdenklich zu Boden.

„Ja, das machen wir ja auch", beruhigte ihn Zorro. „Aber Tessi hat wahrscheinlich recht. Wir haben etwas übersehen."

„Ich wüsste nicht, was wir in dem Chaos dort übersehen haben sollten!", sagte Backe skeptisch.

„Also, ich habe zwar auch keine Ahnung, was da noch sein könnte. Aber wenn Tessi meint, dass es doch etwas zu finden gibt, fahren wir noch einmal hin", sagte Montag.

Zorro und Tessi hatten den anderen von ihren Recherchen zu Balduin Goldacker erzählt und von dem Bild in der Gerümpelkammer. Keiner glaubte zwar, dass sie dadurch auf eine neue heiße Spur stoßen würden. Aber sie waren einverstanden, es doch noch einmal zu versuchen. So verabredeten sie sich um fünfzehn Uhr vor der Galerie in Muebeck.

7. Die Sackgasse

Ein kräftiger Wind blies durch die Gasse und fegte Plastiktüten, Papiere und andere Hinterlassenschaften durch die Straße. Zorro stemmte sich gegen den Wind, während er Tessi vor sich herschob. Auch die anderen hatten ihre Gesichter vom Wind abgewandt und ihre Jacken eng zusammengezogen. Dann standen sie wieder vor der Tür der Galerie. Dieses Mal war es Backe, der die Tür öffnete. Sie war noch immer nicht abgeschlossen worden. Und nun folgten auch die beiden Mädchen ins Innere. Seit ihrem letzten Besuch hatte sich nichts verändert. Tessi holte ein wenig Schwung und rollte durch die Galerie.

„Wirklich ein seltsamer Ort", sagte sie und wandte sich wieder ihren Freunden zu.

„Gut, sehen wir in der Rumpelkammer nach", sagte Zorro und ging direkt auf die Tür zu. Er öffnete diese und schaltete das Licht ein. Auch hier hatte sich seit ihrem letzten Besuch nichts verändert. Alles lag so da, wie sie es zurückgelassen hatten. Zorro machte einen großen Schritt über die Besenstiele und stand dann vor der Wand mit dem Bild.

„Hilf mir mal bitte, Montag", sagte er und winkte seinen Freund zu sich. Montag folgte Zorro und fasste am Rahmen mit an. Das Bild war tatsächlich schwerer, als Zorro erwartet hatte. Gemeinsam hoben sie es an und nahmen es von der Wand. Vorsichtig trugen sie es in die Mitte des

Raumes. Lilly machte einen Schritt vor und nahm eilig eine Stoffbahn aus einem der Regale. Diese legte sie zum Schutz des Bildes auf den Boden. Behutsam legten die beiden Freunde das Bild darauf ab. Dann versammelten sich alle darum herum.

„Ein Schloss in der Abendsonne. Majestätisch thront es auf dem Hügel, umgeben von Tannen und im Hintergrund ein kleines Dorf. Davor ein Springbrunnen und ein großes Gartentor samt Kiesauffahrt. Wie kitschig", sagte Lilly spöttisch.

„In der Tat", pflichtete Montag ihr bei. „Nicht gerade ein großes Kunstwerk. Seht nur einmal diese Kastanienbäume und dann den Hirsch, der da hinten aus dem Wald lugt. Fast wie beim Alpen-Doktor. Da fehlt nur noch die Resi, die gleich im Dirndl um die Ecke gehüpft kommt."

Backe musste lachen.

„Sagt mal, erkennt ihr nicht, welches Schloss das ist?", fragte Lilly auf einmal und schlug sich die Hand vor den Mund.

„Das ist unser Schloss", sagte Tessi ruhig. „Schloss Dösterfelde."

Nun beugten die anderen sich wieder vor.

„Tatsächlich", staunte Backe.

„Wie konnte uns das entgehen", sagte Montag und blickte zu seinen Freunden.

„Ich weiß es nicht", sagte Zorro. Doch nun lag es hier vor ihnen. Ihr Schloss als Ölgemälde. Es war zweifelsohne kein großes Kunstwerk, aber es zeigte ihr Schloss.

„Ja, und jetzt?“, fragte Backe. „Ich meine, was sagt uns das?“

„Lasst uns nachsehen“, sagte Zorro. Er hockte sich hin und betrachtete das Bild eingehend. Es war tatsächlich alles so wie bei ihnen. Alle Fenster, alle Türmchen und der gesamte Garten. Alles stimmte so, wie es hier dargestellt war.

„Erkennst du etwas Besonderes?“, fragte Montag und hockte sich neben Zorro. Dieser schüttelte den Kopf.

„Dreht das Bild doch einmal um“, schlug Tessi vor. „Vielleicht geht es nicht um das Motiv, sondern um den Inhalt des Rahmens?“

Die beiden Jungen ergriffen erneut den Rahmen und drehten ihn mit Backes Hilfe um. Dann legten sie das Bild wieder auf die Stoffbahn. Nun betrachteten sie die Rückseite eingehend.

„Und, seht ihr etwas?“ fragte Tessi.

Zorro wollte gerade den Kopf schütteln, als ihm ein Stück Papier auffiel. Nicht groß. Vielleicht zehn oder zwölf Zentimeter. Zunächst dachte er, dass dieser Zettel zu dem Rahmen gehörte. Doch als er ihn herauszog, sah er, dass der Zettel beschrieben war. Auf dem Zettel standen sechs Namen mit dazugehörigen Adressen. Es waren alles Adressen in Brasilien. Zorro überflog die Namen, aber er kannte keinen. Dann zeigte er den Zettel seinen Freunden. Montag überflog die Namen, dann reichte er die Liste an Lilly weiter.

„Meinst du, dass das seine Kunden waren?“, fragte Backe.

„Kann schon sein“, erwiderte Zorro. „Dennoch seltsam, die Adressen deiner Kunden zusammengefaltet hinter einem Bild aufzubewahren.“

„Es sieht aus, als wäre der Zettel aus einem Buch herausgerissen worden“, sagte Lilly und deutet auf die Kante des Papiers, die stark eingerissen war.

„Es wäre doch möglich, dass der Platz hinter dem Bild als Versteck gedient hat“, überlegte Montag. „Vielleicht ist die Galerie nicht verwahrlost, sondern regelrecht verwüstet worden. Jemand hat genau diese Informationen gesucht. Und es gelang Balduin Goldacker gerade noch, die Namen aus seinem Adressbuch zu reißen und hier hinter dem Bild zu verstecken, als der Täter die Galerie überfiel. Was meint ihr?“

„Möglich wäre es“, stimmte Tessi ihm zu. „Es klingt sogar recht einleuchtend. Der Täter oder die Täterin kommt auf die Galerie zu. Balduin Goldacker entdeckt ihn noch rechtzeitig und nimmt sein Adressbuch an sich. Damit versteckt er sich hier in der Kammer. Dort reißt er die Seite mit den Namen aus dem Buch und versteckt sie hinter dem Bilderrahmen. Gerade als er fertig ist, betritt der Täter die Kammer. Da Balduin Goldacker nicht bereit ist, dem Eindringling etwas zu sagen, kommt es zum Kampf. Dabei wird der ganze Raum verwüstet. Doch Balduin Goldacker verliert den Kampf. Er wird anschließend entführt, weil der Täter hofft, so immer noch an die Informationen zu gelangen.“

„Das könnte gut sein“, sagte Zorro. „Aber es bringt uns der Lösung keinen Schritt näher.“ Er ließ den Kopf hängen.

„Was hattest du denn erwartet, hier zu finden?“, fragte Montag.

Zorro legte den Kopf in den Nacken und strich sich mit der Handfläche über das Gesicht. „Ich weiß es nicht. Irgendetwas, das uns einen weiteren Hinweis liefert. Einen, den wir verfolgen können. Vielleicht eine neue Adresse hier in der Gegend oder ein weiteres Gedicht.“

„Wir haben eine Menge Vermutungen und einzelne Fakten …“, setzte Tessi an.

„Wir haben zu viele einzelne Puzzleteile, aber wir bekommen das große Ganze nicht zusammen.“

Die anderen nickten.

„Und was hilft es uns, wenn wir wissen, dass die Spuren nach Brasilien führen“, ergänzte Backe. „Wir können da doch ohnehin nicht hinreisen.“

„Damit ist für uns an dieser Stelle dann wohl Ende“, stellte Lilly enttäuscht fest.

„Es sei denn wir finden woanders noch etwas“, sagte Montag.

Doch so richtig glaubte niemand daran. Sie hatten alles versucht. Nun waren sie an einem Punkt, an dem sie keine weiteren Hinweise mehr hatten. Für einen Moment verharrten alle einfach stumm im Raum. Es schmeckte keinem, jetzt aufzugeben. Sie waren schließlich das *Weiße Z.* Die Gruppe, die Thomas Fichter und seine Komplizen fast im Alleingang zur Strecke gebracht hatte. Und nun scheiterten sie am Auffinden von ein paar Bildern? Mussten aufgeben und sich eingestehen, dass sie nicht weiterkamen. Wer außer ihnen würde die Bilder dann finden? Herr Jansen, von der Global Metropol Versicherung, suchte schließlich schon lange danach – ohne Erfolg. Wer wusste sonst noch von den Bildern? Wer konnte noch ein Interesse daran haben, dass die Bilder wieder auftauchten – oder verschwunden blieben? Wenn sich außer ihnen nur noch Herr Jansen dafür interessierte, würde der Verbleib der gestohlenen Bilder womöglich auf immer ein Rätsel bleiben. Doch so sehr dieser Gedanke auch an ihnen nagte, so bewusst war es ihnen, dass sie nichts mehr in der Hand hatten. Ohne ein weiteres Wort zu wechseln, verließen die fünf Jugendlichen den Raum und die Galerie wieder. Erst als sie die Bushaltestelle erreichten, lockerte sich die Stimmung langsam. Es war Backe, der die Stille durchbrach.

„Okay, ich weiß, dass es blöd ist, aber wir haben doch schon einiges herausgefunden", sagte er. „Wir wissen, dass Goldacker ein Fälscher war, dass die Bilder nach Brasilien gingen. Wir wissen, dass dein Onkel in Brasilien ist. Vielleicht hat er die Bilder dort bereits gefunden und musste deshalb noch abtauchen?"

„Nein, dann hätte er Zorro doch kein Rätsel-Gedicht geschickt. Dann hätte er doch eher etwas wie ‚Der Vogel sitzt fest' oder ‚Das Spiel ist aus' schreiben können. Dann hätten wir gewusst, dass wir nichts mehr machen müssen", sagte Tessi. „Ich denke, die Suche geht noch weiter."

„Aber nicht für uns", seufzte Lilly.

„Kommt, dafür machen wir nun Musik", sagte Backe und knuffte Montag und Zorro in die Schultern. Zorro lächelte schwach. Ja, dann würden sie jetzt Musik machen.

„Die Idee ist nicht ganz verkehrt“, sagte Lilly. „Schließlich haben wir doch bald wieder unseren Jugendgottesdienst, Teen-Time. Da brauchen wir dringend noch Musik.“

„Also, hauen wir rein!“, sagte Montag.

„Gut, morgen dann wirklich bei mir. Wir fangen dann an, den Probenraum im Keller einzurichten. Dann können wir am Wochenende schon mit der Musik anfangen“, erwiderte Zorro. Die Freunde nickten erfreut. Im nächsten Moment kam der Bus um die Ecke.

Obwohl Zorro sich auf das Musik machen mit seinen Freunden freute, blieb eine gewisse Lustlosigkeit zurück. Er versuchte angestrengt, nicht mehr an die Bilder zu denken, aber es gelang ihm nicht. Er saß an seinem Schreibtisch, hatte die Schulbücher vor sich aufgeschlagen, sich sein Schreibheft genommen und kaute nun gedankenverloren auf seinem Bleistift herum. Aus seiner Anlage wummerten leise die Bässe von Johnny D., Zorros Lieblings-Rapper. Tessi schien sich schnell mit der Situation abgefunden zu haben. Sie war in ihr Zimmer gefahren und hatte sich bei Frau Wernicke, der neuen Köchin, einen Kakao bestellt. Dann war sie in ihre Online-Foren zurückgekehrt, wo sie mit Freunden schwere IT-Codes knackte. Ein Hobby, welches Zorro zwar seltsam fand, aber gleichzeitig bewunderte. Ihm fiel es nicht so leicht abzuschalten. Dann musste er wieder an die Tür auf dem Dachboden denken.

Auch wenn diese nichts mit den Bildern zu tun hatte, reizte es ihn doch herauszufinden, was sich dahinter verbarg. Vielleicht spukte da der Geist des alten Ritters Rudolf von Dösterfelde herum?, dachte Zorro und lächelte für einen Moment. Oder er würde einen lange verschollenen Schatz finden? Vielleicht aber auch nur die Skelette armer Gefangener aus irgendeiner Schlacht. Am wahrscheinlichsten war es aber wohl, das sich dahinter nichts weiter befand als eine kleine Kammer. Vielleicht fänden sich dort ein paar alte Gläser und Töpfe. Oder alte Kleidung. Sicherlich nichts Wertvolles. Ansonsten hätte der Vorbesitzer des Schlosses die Tür sicherlich nicht übertapezieren lassen.

Gerade begann Zorro wegzudösen, als es auf einmal an seiner Tür klopfte. Zorro drehte sich auf dem Schreibtischstuhl um und rief: „Herein!“ Die Tür wurde geöffnet und im Rahmen stand sein Vater. Er trug wie fast immer das braune Cordjackett, ein zerknittertes Hemd und eine Krawatte, die ihm weit um den Hals baumelte. Dazu ausgebeulte Cordhosen und seine ausgetretenen Halbschuhe. Auf seiner Nasenspitze saß die kleine, runde Lesebrille und über den wachen, kleinen Augen erhob sich das schwarze Gewirr seines Haarschopfes. Sein Vater erinnerte Zorro immer ein wenig an ein Bild von Ludwig van Beethoven, auf dem dieser mit wilder Haarmähne dargestellt war.

„Alles in Ordnung?“, fragte sein Vater.

„Alles bestens, Papa“, sagte Zorro.

Sein Vater nickte nur. „Mama hat mir gesagt, dass ihr in Muebeck in dieser Galerie gewesen seid?“

„Ja“, bestätigte Zorro. „Nur war das eine Sackgasse. Wir haben da nichts gefunden.“

„Verstehe“, sagte Zorros Vater und blickte für einen Moment auf Zorros Plattenspieler und die Stapel von Schallplatten, die daneben lagen.

„Das mit den Bildern beschäftigt dich, oder?“, fragte sein Vater.

Zorro konnte es nicht leugnen. Das tat es. Es fiel ihm schwer, die Gedanken davon abzulenken.

Für einen Moment sagte sein Vater nichts. Dann erhellte sich sein Blick plötzlich und er zog etwas aus seiner Jacketttasche.

„Hier, das habe ich oben gefunden“, sagte er und hielt einen messingfarbenen Schlüssel in die Luft. „Sieht doch aus wie aus einem Fantasyfilm. Findest du nicht?“

Zorro stand auf und ging zu seinem Vater. Er betrachtete den Schlüssel, den dieser in der Hand hielt. Es war ein schöner Schlüssel. So wie man ihn für Schatztruhen oder Schmuckkästchen machen würde. Er glänzte seltsam. Zorros Vater betrachtete den Schlüssel versonnen.

„Wofür der wohl sein mag?“, fragte er und hielt ihn erneut in den Lichtschein der Deckenlampe.

„Wo genau hast du den Schlüssel gefunden?“, fragte Zorro aufgeregt.

„Er lag einfach auf dem Boden bei mir im Arbeitszimmer. Dort, wo diese kleine Lücke zwischen den Regalen ist“, erklärte sein Vater. „Er muss dort schon länger gelegen haben und ich habe ihn nur übersehen.“

„Vermutlich“, erwiderte Zorro. „Darf ich mir den Schlüssel einmal ausleihen?“

Zorros Vater sah seinen Sohn überrascht an, nickte dann aber und reichte ihm den Schlüssel.

„Bringst du ihn mir dann wieder ins Arbeitszimmer?“, bat er ihn.

„Ja, das mache ich, Papa“, sagte Zorro und wandte sich von seinem Vater ab, ohne den Schlüssel dabei aus den Augen zu lassen.

„Ich weiß zwar nicht, was du damit willst“, sagte sein Vater, „aber bitte.“ Damit drehte auch er sich um und verließ Zorros Zimmer. Wenige Augenblicke später hörte der die schweren Schritte seines Vaters die große Treppe hinaufsteigen und dann das Geräusch der Tür des Arbeitszimmers, die ins Schloss fiel.

Zorro steckte sich den Schlüssel in die Tasche und verließ nun ebenfalls sein Zimmer. Dennoch sah er sich im Treppenhaus kurz um, ob ihn jemand sehen würde. Als er sich sicher war, allein zu sein, hechtete er die große Treppe hoch und lief über die Galerie bis zu der Tür, die auf den Dachboden führte. Er öffnete diese, schaltete das Licht an und stieg die schmalen Holzstufen hinauf. Oben angekommen, wandte er sich nach rechts. Er eilte zu der Stelle, an der die Kiste mit der Aussteuer stand. Dort nahm er diese und stellte sie wieder auf den Tisch, um sich dann in die frei gewordene Lücke zu quetschen. Nun zog er den Schlüssel aus der Tasche. Er betrachtete ihn noch einmal und führte ihn im nächsten Moment zum Schloss in der Wand. Der Schlüssel glitt mühelos in das Schlüsselloch. Nun kam es darauf an.

Vorsichtig drehte er den Schlüssel, und: Er ließ sich drehen! Zorro drehte den Schlüssel einmal herum. Dann sprang das Schloss auf. Langsam zog Zorro den Schlüssel zu sich. Mit einem leisen Knarren öffnete sich die Tür in der Wand. Sie klemmte ein wenig, aber Zorro gelang es, die Tür so weit zu öffnen, dass er sie mit den Fingern umfassen konnte. Dann zog er mit seinem rechten Arm so stark er nur konnte. Mit einem unüberhörbaren Quietschen öffnete sie sich.

Ein Schwall kühler Luft schlug Zorro entgegen. Sie roch nach Moder und Feuchtigkeit. Zorro blickte durch die Tür. Doch dahinter war es stockduster. Jetzt ärgerte er sich, dass er nicht seine Taschenlampe mitgenommen hatte. Er überlegte einen kurzen Moment, dann entschloss er sich, es so zu versuchen. Er wollte nur einmal kurz sehen, was sich hinter der Tür befand. Wahrscheinlich war es nur ein kleiner Raum, oder womöglich ein Abzugsschacht. Dann musste er vorsichtig sein.

Langsam schob er einen Fuß vor. Dabei hielt er sich an der Tür und dem Türrahmen fest. Sollte sich vor ihm wirklich ein Schacht befinden, musste er vorsichtig sein. Er durfte dort nicht hinabstürzen. Doch der Boden, den er ertastete, war massiv. Es fühlte sich wie ein Steinboden an. Nun ließ Zorro die eine Hand los und reichte seinen Arm durch die Tür in die Dunkelheit. Er tastete umher. Dort in der Dunkelheit erwartete er eine Wand zu finden oder eine Decke. Aber weder rechts noch links konnte er eine Wand ertasten. Es machte den Eindruck, als würde der Raum noch weitergehen. Zorro rutschte noch ein wenig mehr nach vorn, ohne dabei die Hand von der Tür zu nehmen. Mit seinem rechten Fuß tastete er sich dabei weiter vor. Dann bemerkte er, dass es links tatsächlich nach unten ging. Verlief der eigentliche Schacht unter Umständen dort? Nun musste Zorro sich entscheiden. Er nahm die Hand von der Tür und bemühte sich um einen guten Halt am Türrahmen. Das schien zu funktionieren. Dann setzte er sich auf seinen Hosenboden und rutschte noch ein Stückchen weiter durch den Türrahmen hindurch. Jetzt tastete er sich mit seinem linken Bein vor. Langsam ließ er es über den Absatz gleiten. Würde es dort meterweit in die Tiefe gehen?

Doch schon nach ungefähr zehn Zentimetern spürte er einen weiteren Absatz. Zorro fasste einen Entschluss. Er rutschte ganz durch die Tür hindurch. Der Boden, auf dem er saß, war ein massiver Steinboden. Da konnte ihm nichts passieren. Er belastete das linke Bein ein wenig stärker. Auch der nächste Absatz schien massiv zu sein. Er rutschte nun noch ein Stückchen weiter vor. Jetzt schob er das rechte Bein über den Absatz, auf dem das linke Bein stand. Was würde dahinter lauern? Wieder senkte er das Bein langsam ab. Und schon nach weiteren zehn Zentimetern stieß er erneut auf festen Boden. Allmählich reifte in Zorro eine Erkenntnis. Er saß womöglich auf einem Treppenabsatz. Vor ihm führte eine Treppe in die Tiefe. Zorro beugte sich ein wenig vor und betastete die Wände oberhalb der Treppe. Befand sich dort vielleicht ein Treppengeländer, an dem er sich festhalten konnte? Doch er fand nichts. Zorro überlegte für einen Moment. Sollte er es riskieren? Es war definitiv ein Risiko. Die Treppe konnte nach jeder Stufe zu Ende sein. Was würde dann kommen? Ein Schacht? Eine weitere Tür? Zorro beschloss, es ganz vorsichtig zu versuchen. Er zog die Beine zurück und erhob sich dann auf dem Treppenabsatz. Anschließend setzte er den linken Fuß auf die erste Stufe und ließ den rechten Fuß folgen. So wiederholte er es bei der folgenden Stufe. Zorro spürte, wie sein Herzschlag sich beschleunigte. Er wusste nun nicht, ob noch eine Stufe folgen würde, oder ob sein nächster Schritt im Nichts enden sollte. Er atmete tief ein. Dabei fiel ihm erneut auf, wie kalt und feucht die Luft war. Es war unangenehm. Fast wie im Winter. Er streckte beide Arme und drückte die Handflächen an die Wände. Vielleicht würde ihm das besseren Halt verschaffen. Die Wände waren kalt, aber trocken. Dann machte er den nächsten Schritt. Langsam ließ er den Fuß über die Stufe absinken und tastete sich mit der Schuhspitze vor. Wie weit war er nun schon? Fünf Zentimeter? Oder waren es schon mehr als zehn? Würde es dahinter einfach in die Tiefe gehen? Doch dann durchfuhr ihn Erleichterung. Er stieß abermals auf eine Stufe. Er verlagerte sein Gewicht und wiederholte die Prozedur. Und auch dahinter folgte eine weitere Stufe. Langsam fasste er Vertrauen.

Es war offenbar eine Treppe, die nach unten führte. Nun wusste Zorro, woher die Schritte gekommen waren, die er hinter der Wand gehört hatte. Doch von wem stammten die Schritte und wohin führte die Treppe? Zorro ging vorsichtig weiter. Noch immer drückte er bei jedem Schritt seine Handflächen fest gegen die Wände, um besseren Halt zu haben. Nach einigen Minuten schätzte er, dass er eine Etage tiefer sein musste. Und wirklich stand er zwei Schritte weiter auf einem breiteren Absatz. Ob es auch hier eine Tür gab? Zorro betastete die Wand zu seiner Linken. Aber er konnte nichts erspüren. Hier schien es keine Tür zu geben. Also machte Zorro sich weiter auf den Weg nach unten. Ebenso hatte er nun bemerkt, dass die Treppe im Kreis verlief. Es handelte sich also um eine steinerne Wendeltreppe. Mit gleichbleibender Vorsicht setzte er seine Schritte fort.

Es kam Zorro vor, als wäre eine Ewigkeit vergangen, als er auf einmal merkte, dass sich etwas veränderte. Zunächst einmal hatten sich seine Augen an die Dunkelheit gewöhnt und es gelang ihm nun, die weiteren Treppenstufen auszumachen. Jedoch war da noch etwas anderes. Von irgendwoher schien ein diffuses Licht zu kommen. Je weiter er ging, desto stärker wurde es. Nur schwach, aber dennoch wahrnehmbar.

Und dann hatte er das untere Ende der Treppe erreicht. Vor sich erkannte Zorro einen schmalen Gang. Vielleicht einen Meter siebzig hoch und einen Meter breit. Und am Ende des Gangs leuchtete ein schwaches Licht. Es war unbeständig und diffus, aber es war ein Licht. Auf Zehenspitzen machte Zorro sich vorsichtig auf den Weg durch den Gang. Nach zwei Schritten lauschte er für einen Moment. War da ein Geräusch gewesen? Doch dann war es wieder ganz still. Leise schlich Zorro weiter, bis er an das Ende des Ganges gelangte. Dort, zu seiner Linken, befand sich eine kleine Tür. Sie war aus einfachen Holzbrettern gefertigt und dort, wo normalerweise eine Türklinke angebracht wäre, hing ein einfacher Metallring.

Die Tür stand einen Spalt breit offen. Zorro schob sie vorsichtig noch ein Stückchen auf. Aus dem Winkel, in dem er in den Raum blickte, erkannte er einen mittelgroßen Raum. Vielleicht fünfzehn oder zwanzig Quadratmeter groß. An der Wand, auf die Zorro schaute, stand ein antiker Schreibtisch und auf dem Schreibtisch flackerte eine Petroleumlampe. Im Schein der Lampe lagen zahlreiche Dokumente und Zettel. Vor dem Schreibtisch stand ein einfacher Holzstuhl mit Rundlehne und einem Kissen. Links des Schreibtisches schloss ein Holzregal an. Darin standen ein paar seltsame Apparaturen aus Holz und Messing. Manche hatten Zifferblätter, andere eine Linse oder Lupe. Auf dem Boden des Raumes lag ein einfacher Bastteppich. Zorro schob die Tür ein wenig weiter auf. Erst jetzt bemerkte er einen Geruch, der ihn an Salami oder Räucherfisch erinnerte. Irgendwo brannte ein Holzfeuer. Vielleicht ein Kamin. Nun sah Zorro an der gegenüberliegenden Wand ein schmales Holzbett. Es wirkte fast wie ein Kinderbett, war aber doch etwas länger. Auf dem Bett lag eine graue Wolldecke und am Kopfende ein zusammengeknautschtes Kissen.

Einen Moment lang überlegte Zorro, ob er wieder umkehren sollte. Was machte er hier? Was war das hier? Offenbar hatte sich hier jemand in ihrem Schloss eingenistet. Dieser Jemand hatte einen oder mehrere geheime Räume entdeckt und schien hier nun zu leben. Zorro hielt für eine Sekunde den Atem an. Es war absolut nichts zu hören. Vielleicht war derjenige nicht da? Zorro schob die Tür noch einen kleinen Spalt weiter auf. Nun hatte er das gesamte Bett in seinem Blickfeld. Am Fußende des Bettes stand eine schwere Ledertasche auf dem Boden und über dem Bett erkannte Zorro ein Bild mit einem ländlichen Motiv. Er sah zur Decke empor. Erst jetzt fiel ihm auf, dass die Decke des Raumes gewölbt war. So wirkte der Raum wie ein Weinkeller oder die Gewölbekeller, die Zorro schon in manch anderen Schlössern gesehen hatte. Ohne recht darüber nachzudenken, machte Zorro einen Schritt in den Raum. Es war wohlig warm hier drin. Nun sah er auch den Böllerofen, der die Wärme verströmte. Das Abzugsrohr lief oberhalb des Ofens durch die Hauswand nach draußen. Obwohl die Klappe geschlossen war, sah Zorro die züngelnden Flammen durch einen kleinen Spalt oberhalb davon. Links von ihm bemerkte Zorro nun eine weitere Tür. Wo mochte diese hinführen? Bevor er das erkunden würde, wollte er sich zunächst aber die Papiere auf dem Schreibtisch besehen. Kurz hatte er noch gezögert und gemeint, dass ihn das vielleicht nichts anging. Doch dann hatte er sich gedacht, dass schließlich nicht er, sondern derjenige, der hier lebte, in das Schloss eingedrungen war. Und zwar ohne Erlaubnis.

Mit drei Schritten war Zorro am Schreibtisch. Er schob den Holzstuhl sachte zur Seite und beugte sich über die Papiere. Es war ein heilloses Durcheinander. Vor ihm lagen Pläne, Skizzen, Rechnungen, aufgeschlagene Bücher und ein Reisepass. Zorro ergriff den Pass und schlug ihn auf. Auf dem Bild war das Gesicht eines hageren Mannes zu sehen.

Er trug eine Hornbrille und hatte einen buschigen Schnurrbart. Das Haar war leicht angegraut. Die Wangen waren eingefallen und die Haut zog sich straff über die Wangenknochen. Der Mann sah aus, als hätte er gehungert oder wäre krank gewesen. Dann las Zorro den Namen: Luis Montiel. Ein Spanier, dachte Zorro. Oder ein Lateinamerikaner. Er kannte niemanden mit diesem Namen. Und was wollte dieser Luis hier bei ihnen?

„Hast du mich also gefunden", hörte Zorro auf einmal eine Stimme hinter sich und gefror für einen Moment mitten in der Bewegung.

8. Das Familiengeheimnis

Zorro traute sich nicht, sich umzudrehen.

„Du musst keine Angst haben“, sagte die Stimme. Sie klang warm und kräftig. Wie von einem sehr großen Menschen.

„Willst du mir nicht hallo sagen?“, fragte die Stimme nun. Zorro wollte am liebsten weglaufen, aber ihm war bewusst, dass er keine Chance haben würde. Der Mann musste nah bei der Tür stehen. Er könnte ihn mit Leichtigkeit aufhalten. Langsam drehte Zorro seinen Kopf. Aus dem Augenwinkel erkannte er einen großen, hageren Mann. Der Mann trug einen altmodischen Anzug mit Hemd, Krawatte und einer Weste. Dazu ein Jackett, auf dessen Ellenbogen Lederflicken aufgenäht waren. Das Gesicht war Zorro mittlerweile bekannt. Er hatte es gerade in dem Pass gesehen.

„Willst du da noch lange stehen bleiben?“, fragte der Mann.

Zorro wusste, dass sein Verhalten albern war. Aber er wusste nicht, wie er sich sonst verhalten sollte. Was wollte dieser Mann von ihm?

„Ich glaube nicht, dass ich Sie kenne“, sagte Zorro, nahm seinen ganzen Mut zusammen und drehte sich um. Er erwartete, dass der Mann sich im nächsten Moment auf ihn stürzen würde. Doch das geschah nicht. Stattdessen stand der Mann einfach da, die Hände lässig in den Hosentaschen vergraben. Er lächelte Zorro an.

„Wer sind Sie?“, fragte Zorro.

„Erkennst du mich wirklich nicht?“, fragte der Mann und machte einen Schritt auf Zorro zu. Zorro machte automatisch einen Schritt zurück und schüttelte den Kopf.

„Ich habe keine Ahnung, wer Sie sind.“

Der Mann schien amüsiert darüber zu sein.

„Habe ich mich so verändert?“, fragte er und sah an sich herab. „Das Wetter in Brasilien oder die vielen Jahre im Gefängnis. Eines von beidem ist mir wohl nicht bekommen.“

„Onkel Ludwig?“, sagte Zorro nun staunend.

„Na, geht doch!“, schmunzelte Onkel Ludwig und kam jetzt auf Zorro zu. Er streckte ihm die Hand entgegen.

„Was machst du hier?“, fragte Zorro überrascht. Dabei ergriff er die Hand seines Onkels.

„Das kann ich nicht in einem Satz erklären“, sagte Onkel Ludwig und ließ sich auf sein Bett nieder. Er stützte die spitzen Ellenbogen auf die Knie, verschränkte die Hände und stützte sein Kinn darauf.

„Aber du wirst es mir erklären?“, fragte Zorro. Er konnte noch immer nicht glauben, dass sein Onkel vor ihm saß. Sein Onkel, von dem er geglaubt hatte, dass dieser sich in Brasilien aufhielte – oder sonst irgendwo in der Welt. Aber bestimmt nicht in Dösterfelde.

„Ich werde es versuchen“, sagte sein Onkel und lächelte. „Es ist schön dich wiederzusehen, Sigismund.“

„Zorro, bitte!“, korrigierte Zorro.

„Natürlich, Zorro“, sagte Onkel Ludwig und seufzte. „Ja, wo fange ich an? Du weißt ja, dass ich im Gefängnis war …“

„Ja, wegen des Einbruchs in die Galerie“, sagte Zorro.

Onkel Ludwig nickte. „Nun, vor einem knappen Jahr wurde ich bekanntlich entlassen …“

„Und du hast dich nach Brasilien abgesetzt“, ergänzte Zorro.

Onkel Ludwig schüttelte den Kopf: „Nein, ich habe mich nicht abgesetzt. Ich musste meine Arbeit wieder aufnehmen. Die Haft hatte mir viele wertvolle Jahre genommen. Ich wusste, dass mir nicht mehr viel Zeit bleibt, alles zu beenden.“

„Ich habe keine Ahnung, wovon du sprichst!“, sagte Zorro.

„Ich weiß“, seufzte Onkel Ludwig. „Ich werde es dir erklären. Aber dazu muss ich ein wenig ausholen. Setz dich doch!“

Zorro nickte und griff sich den Schreibtischstuhl.

„Gut, also …“, Onkel Ludwig räusperte sich. „Du weißt sicherlich, dass die Geschichte derer zu Frangenberg schon lange zurückreicht. Man kann unseren Familienstammbaum bis in das dreizehnte Jahrhundert zurückverfolgen. Damals bekam Ottokar Frangenberg den Titel eines Freiherrn verliehen und begründete die Familie von Frangenberg. Diese hatte ihren Stammsitz im Übrigen nicht weit von hier. Kurz hinter Bad Trekelsingen“, sagte Onkel Ludwig.

„Das wusste ich gar nicht“, sagte Zorro.

„Macht nichts“, sagte Onkel Ludwig und fuhr fort. „Ein Freiherr war nichts wirklich Besonderes. Ottokar jedoch verstand es, durch kluge Eheschließungen und Bündnisse die

Macht der Familie zu mehren. Dieses Talent gab er an seine Söhne weiter, die ebenfalls klug handelten. So wurde die Familie immer mächtiger. Das ging über die Jahrhunderte eigentlich recht gut. Bis ins frühe achtzehnte Jahrhundert, also die Jahre von 1700 bis 1750. Damals gab es auf einmal keinen männlichen Nachfolger mehr. Freiherr Sigismund Wilhelm von Frangenberg verstarb an den Pocken und hinterließ nur eine Tochter, Johanna. Somit übernahm Johanna die Führung der Familie. Bis zu diesem Zeitpunkt hatte die Familie ein wahrlich stattliches Vermögen aufgebaut. So verwunderte es nicht, dass in der Folge eine Reihe von Fürsten Johanna ihre Aufwartung machten und um ihre Hand anhielten. Darunter waren namhafte Grafen und es soll sogar ein König dabei gewesen sein, der in großen finanziellen Schwierigkeiten steckte."

„Es ging denen also nur um das Geld der Familie?", fragte Zorro.

Onkel Ludwig nickte.

„Johanna soll wohl auch recht schön gewesen sein, aber den Fürsten und Grafen ging es nur um ihr Geld. Sie besaß mehrere Schlösser, große Ländereien und ausschweifende Waldgebiete. Zudem soll sie über Land verfügt haben, auf dem Silber gefunden wurde. Nach heutigen Schätzungen dürfte sie gut und gern hundert bis hundertfünfzig Millionen Euro besessen haben. Natürlich nicht in Euro, sondern in Talern oder Gulden."

Zorro riss seine Augen weit auf. Es schien ihm eine unvorstellbar große Summe zu sein.

„Man weiß es nicht genau, aber es muss ein großes – ein sehr großes Vermögen gewesen sein", sagte Onkel Ludwig. „Doch Johanna war anders als ihre Vorfahren. Sie machte sich nicht viel aus Reichtum und Geld. Für sie zählten andere Dinge. Sie war sehr fromm. Oft sah man sie mit dem Pfarrer ihres Ortes durch die Wälder spazieren. Dabei waren sie in Gespräche über den Glauben und über Gott vertieft. Auch engagierte sich Johanna sehr für die Armen auf ihren Ländereien. So organisierte sie Armenspeisungen, richtete ein Hospital für arme Familien ein und plante eine Landreform. Danach hätte jeder Bauer auf ihren Ländereien ein Stück Land bekommen, das ihm gehört hätte. So hätten die Bauern besser für sich sorgen können."

„Warum haben sie das nicht?", fragte Zorro überrascht.

„Weil sie diese Landreform nie umsetzen konnte", erklärte Onkel Ludwig. Er erhob sich von seinem Bett und beugte sich zu einer Wasserflasche, die vor ihm auf dem Boden stand.

„Möchtest du etwas trinken?", fragte er.

Zorro schüttelte den Kopf. Er wollte nur wissen, wie die Geschichte weiterging. Onkel Ludwig nahm einen Schluck aus der Flasche und wischte sich dann den Mund ab. Dann ging er hinüber zu einem weiteren Stuhl, der hinter der Tür gestanden hatte, holte ihn herüber und ließ sich darauf nieder. Er schlug die Beine übereinander und verschränkte die Hände vor seinem Knie.

„Wo waren wir …? Ach ja, also die Landreform. Bevor Johanna diese umsetzen konnte, begann der Graf von Döster-Waldberten sie zu umwerben."

Zorro zuckte zusammen. Das war die Familie, der dieses Schloss gehört hatte.

„*Die* Familie Döster-Waldberten?“, fragte Zorro.

„Genau, eben diese, der dieses Schloss einst gehört hat“, antwortete Ludwig. „Der Graf, er hieß Karl, war schlauer als seine Mitbewerber. Er spürte, was Johanna wichtig war. So spendete er Geld an die Kirche und verkündete offen, dass er beabsichtige, mehr für die Armen zu tun. Johanna imponierten seine Worte. Deshalb willigte sie ein, ihn zu treffen. Dabei erzählte er ihr, was er noch alles für die Armen zu tun gedachte. Auch er wolle eine Landreform durchführen und den Bauern helfen. Es solle Hospitäler und neue Häuser geben und sogar eine Schule für die Bauernkinder wolle er errichten lassen. Alles auf seine Kosten.“

„Das muss Johanna gefallen haben“, sagte Zorro.

„Und wie“, bestätigte Ludwig. „Sie verliebte sich Hals über Kopf in Karl, und als er um ihre Hand anhielt, sagte sie begeistert zu.“

„Eine schöne Geschichte“, sagte Zorro.

„Das hätte es werden können“, sagte Onkel Ludwig. „Aber leider war Karl nur ein sehr guter Schauspieler. Kaum waren Johanna und er verheiratet, wollte er von all seinen Vorhaben nichts mehr wissen. Ja, er machte sich sogar über ihre Wohltätigkeit lustig. Karl zeigte ihr nun sein wahres Gesicht. Er war verschwendungssüchtig, gab Unmengen an Geld für große Feste und Jagden aus. Und er hatte mehrere Geliebte. Zudem war er hoch verschuldet. Er hatte Johanna nur belogen. Allerdings war er jetzt ihr Mann und es gab kein Zurück mehr. Kaum sechs Monate nach ihrer Hochzeit begann Karl sie zu drängen, ihm endlich ihren Besitz zu überlassen. Er wollte, dass all ihre Ländereien, die Wälder und Schlösser ihm gehören sollten. Das war damals nicht unüblich. Doch Johanna weigerte sich. Sie wusste indes, dass sie irgendwann nachgeben musste. Nur war sie nicht bereit, ihr ganzes Vermögen für ihn aufzugeben. Stattdessen begann sie mithilfe ihres Pfarrers und einiger enger Vertrauter, Wertsachen und Gelder verschwinden zu lassen. So wollte sie retten, was noch zu retten war. Mit diesen Geldern plante sie, ihre Vorhaben für die Armen doch noch umzusetzen. Mochte ihr Mann die Einnahmen aus den Ländereien und Minen sowie den Wäldern auch verprassen. Ihr Bargeld, ihren Schmuck und andere Wertgegenstände ließ sie Schritt für Schritt verschwinden. Zunächst bemerkte Karl nichts davon, bald aber schöpfte er Verdacht. Er stellte Johanna zur Rede. Sie sagte aber nichts. Deshalb verbot er ihr, fortan das Schloss zu verlassen. Nur über enge Vertraute und Komplizen gelang es Johanna noch, geheime Botschaften an ihre Unterstützer zu versenden. Bis eines Tages einer ihrer Boten abgefangen wurde. Als man einen Brief von Johanna an den Pfarrer bei ihm fand, wurde Karl sehr böse. Er ließ sie im Turm einsperren und niemand hatte künftig Zutritt zu ihr. Johanna war nun ganz allein. Einzig ihre Bibel hatte Karl ihr gelassen. Darin las sie täglich viele Stunden und sie betete. Den Überlieferungen zufolge nicht für sich, sondern für die vielen Armen. Für all die Menschen, denen sie nun nicht mehr helfen konnte. Und dann eines Tages, es war im Dezember 1749, gerade acht Monate nach ihrer Hochzeit, fand man Johanna am Fuße des Turmes. Tot. Es hieß, sie hätte sich aus Verzweiflung aus dem Turmfenster gestürzt. Schon bald aber machte unter den Untertanen des Grafen ein Gerücht die Runde, wonach der Graf selbst seine Hände im Spiel gehabt hatte. Er wollte Johanna auf jeden Fall loswerden. Nun stand ihm nichts mehr im Weg. Er besaß nun alles. Nur die Schmuckstücke und Goldbarren, die Johanna hatte verschwinden lassen, blieben verschwunden. Um zu erfahren, wo diese Sachen versteckt waren, warf Karl sogar den Pfarrer in den Kerker. Doch der Pfarrer sagte nichts und blieb lieber ein Gefangener. Nur wenige Schmuckstücke fand Karl noch in Johannas ehemaligen Gemächern."

„Manches bekam er also und manches blieb verschwunden?", fragte Zorro.

„Genau", sagte Onkel Ludwig. „Die wertvollsten Dinge wurden nie wiedergefunden."

„Und dann lebte Karl, wie er es sich erhofft hatte?", fragte Zorro.

Onkel Ludwig verzog das Gesicht zu einem schiefen Grinsen: „Karl starb schon wenige Jahre später. Doch auch seine Nachfolger lebten verschwenderisch wie er. So mussten sie immer wieder reich heiraten, um ihre Verschwendungssucht finanzieren zu können. Denn mehr als einmal stand das Haus Döster-Waldberten vor der Pleite."

Zorro war beeindruckt von der Geschichte, die Onkel Ludwig ihm erzählt hatte. Und obwohl er sie nicht kannte, mochte er Johanna. Sie war stark gewesen. Nur verstand er nicht, was all dies mit den Bildern zu tun hatte: „Aber, Onkel Ludwig, wo kommen da die Bilder ins Spiel? Ich verstehe nicht, warum du die Bilder gestohlen hast?“

„Endlich fragst du mich das“, lachte Onkel Ludwig auf. „Du musst dich doch die ganze Zeit gefragt haben, warum dein Onkel ein Dieb ist?“

Natürlich hatte Zorro sich das gefragt. Viele Male. Er hatte auch seinen Vater gefragt, aber die Antworten hatten ihn nicht befriedigt. Er merkte schnell, dass auch sein Vater nicht genau wusste, warum Onkel Ludwig all das getan hatte.

„Ich weiß nicht, ob du mir glauben kannst“, sagte Onkel Ludwig und beugte sich nun zu Zorro vor. „Ich bin zwar ein Dieb und habe auch im Gefängnis gesessen. Aber nicht aus Habgier.“

„Sondern?“, fragte Zorro verwundert.

„Um endlich die Wahrheit ans Licht zu bringen“, sagte Onkel Ludwig energisch. „Und um einen Mord aufzuklären.“

„Einen Mord?“ Nun gruselte sich Zorro ein wenig.

„Ja, denn ich bin überzeugt davon, dass Johanna nicht freiwillig aus dem Turm gestürzt ist. Karl von Döster-Waldberten wusste, dass seine Gattin viele Unterstützer hatte. Das konnte ihm noch gefährlich werden. Deshalb schien es ihm am sichersten, sie dauerhaft loszuwerden.“

„Und was wurde aus der Familie von Frangenberg nach Johannas Tod?“, fragte Zorro.

„Ihr Onkel übernahm fortan die Familienführung. Das war der Sigismund, nach dem auch du benannt bist. Seine

Söhne folgten ihm. Es gelang ihnen, die Familie wieder zu Wohlstand zu führen."

„Und was haben die Bilder damit zu tun?", fragte Zorro.

„Eine ganze Menge. Zwei Jahrhunderte später, so um 1960, war die Familie Döster-Waldberten wieder einmal fast pleite. Allerdings verfügte man noch immer über einen Teil der Juwelen, Goldbarren und Gulden, die einst Johanna gehört hatten. Doch man fürchtete, damit Schulden bezahlen zu müssen. Dann wäre die Familie Döster-Waldberten in der Tat pleite und in der Folge arm gewesen. Das musste Ferdinand, der damalige Graf, unbedingt verhindern. So beauftragte Ferdinand von Döster-Waldberten einen Kunstmaler ..."

„Balduin Goldacker?", fragte Zorro eilig.

„Genau den", antwortete Onkel Ludwig. „Dieser sollte ein paar Bilder erschaffen, die man dann in Südamerika verkaufen wollte. Balduin Goldacker verstand und schuf Kopien großer Kunstwerke. Allerdings ‚vergaß' er bei vielen deutlich zu machen, dass es Kopien waren. Diese Bilder ließ Ferdinand von Döster-Waldberten dann nach Brasilien bringen. Dort sollten sie verkauft werden. Aber die Bilder waren nur ein Vorwand."

„Ein Vorwand wofür?", hakte Zorro nach, den es vor Spannung nun kaum noch auf seinem Stuhl hielt.

„Ein Vorwand, um Gold und Edelsteine nach Brasilien zu schmuggeln. In den Rahmen der Bilder befanden sich nämlich geheime Fächer. Diese waren randvoll mit den wertvollen Dingen aus Johannas Besitz."

„Woher weißt du das?", fragte Zorro.

„Das erzähle ich dir später", sagte Ludwig. „Doch zunächst weiter. Die Bilder wollte Ferdinand in Brasilien eigentlich nur an seine Familie verkaufen. Für sehr wenig Geld. So sollten die wertvollen Gegenstände dauerhaft in der Hand der Familie bleiben. Also vor der deutschen Steuer geschützt."

„Aber warum hat denn niemand bemerkt, dass da etwas in den Bilderrahmen steckte?", wandte Zorro ein. „Beim Versenden werden solch wertvolle Waren doch bestimmt überprüft?"

„Das war das Geniale an der Idee. Offiziell handelte es sich ja um große Kunstwerke der Renaissance. Also Bilder, die schon sehr alt waren. Diese mussten natürlich mit Vorsicht behandelt werden. Deshalb schreckten sowohl der Zoll in Deutschland als auch der in Brasilien davor zurück, die Bilder genauer zu untersuchen. So kamen sie sicher in Brasilien an. Und in ihren Rahmen versteckt: Edelsteine, Goldbarren und wertvoller Schmuck."

„Wow", sagte Zorro. „Und das wurde alles nach Brasilien geschafft?"

Onkel Ludwig nickte: „Nur der Rest des Plans ging schief. Ferdinand von Döster-Waldberten verstarb plötzlich, noch bevor die Bilder an seine Familie verkauft werden konnten. Balduin Goldacker saß nun in Brasilien mit den ganzen Bildern. Er wusste im Übrigen nicht, was sich in den Rahmen verbarg. Er dachte, dass es nur um seine Bilder ging. Nach einigen Monaten entschloss er sich, die Bilder einfach selbst zu verkaufen. Ob er den Käufern sagte, dass es Fälschungen waren, weiß ich nicht."

Zorro staunte nicht schlecht über das, was er gerade erfahren hatte.

„Das heißt, irgendwo in Brasilien leben Menschen, bei denen Bilder an der Wand hängen, in deren Rahmen Gold und Edelsteine versteckt sind?"

„Das war zumindest lange so, ja", sagte Onkel Ludwig und stand auf. Er nahm sich ein Stück Holz von einem Stapel, öffnete die Klappe des Böllerofens und warf es hinein. Für den Bruchteil einer Sekunde konnte Zorro die orangefarbene Glut erspähen. Dann schloss sein Onkel die Luke wieder und kehrte zum Bett zurück. Er setzte sich wieder auf die Matratze und lehnte sich ein wenig zurück, um sein rechtes Bein zu strecken. „Ich kann nicht mehr so lange sitzen", sagte er und warf Zorro ein kurzes Lächeln zu.

„Was passierte dann?", fragte Zorro, der es nicht erwarten konnte zu erfahren, wie es weiterging.

„Wie du vielleicht weißt, flog Balduin Goldacker irgendwann auf."

„Als sich herausstellte, dass es sich bei den Bildern um Fälschungen handelte?", fragte Zorro aufgeregt.

„Zunächst nicht. Aber es fiel auf, dass er viele Bilder verkaufte und keine Steuern zahlte. Also kam er wegen Steuerhinterziehung vor Gericht und musste ins Gefängnis. Dort saß er dann seine Strafe ab und wurde einige Jahre später wieder entlassen. Erst 1990 stellte sich dann heraus, dass es sich bei seinen Bildern um Fälschungen handelte. Daraufhin wurde er erneut zu einer längeren Gefängnisstrafe verurteilt."

„Und dann?", fragte Zorro.

„Dann verlor sich die Spur vorerst. Niemand wusste, wer die Bilder von Balduin Goldacker gekauft hatte“, sagte Onkel Ludwig und wischte sich nun mit der rechten Hand über das Gesicht. Er wirkte müde.

„Aber wie gehört das alles mit deinem Diebstahl zusammen?“, fragte Zorro. „Ich verstehe nicht, warum du die Bilder in Hamburg gestohlen hast! Was haben diese Bilder mit der ganzen Sache zu tun?“

„Ganz einfach. Es sind Bilder von Balduin Goldacker. Die Bilder, die er in Brasilien verkauft hatte. Damals wollte eine Galerie in Hamburg eine Ausstellung großer Fälschungen durchführen. Diese Galerie schickte einen Detektiv nach Brasilien, dem es tatsächlich gelang, die Käufer der Bilder ausfindig zu machen.“

„Aber warum hatten die Familien die Bilder denn behalten, nachdem sie erfahren hatten, dass es einfache Fälschungen waren?“, fragte Zorro irritiert.

Onkel Ludwig seufzte und sagte: „Manchen war es peinlich, dass sie auf einen Fälscher hereingefallen waren und sie versteckten die Bilder deshalb im Keller oder in irgendwelchen Lagern. Andere hatten die Bilder liebgewonnen und behielten sie gern, obwohl es Fälschungen waren. Es waren schließlich sehr gute Fälschungen, die genauso aussahen wie das Original. Auf jeden Fall erklärten die Eigentümer sich bereit, diese in Hamburg in der Galerie auszustellen. Davon hörte ich …“

„Warte!“, unterbrach Zorro seinen Onkel. „Woher wusstest du denn von der Geschichte mit Johanna und dass die Juwelen in den Bilderrahmen versteckt waren?“

„Von Birgit Goldacker, der Tochter von Balduin. Eines Tages wurde sie von einem Fremden aufgesucht. Dieser bekniete sie, ihm zu verraten, an wen ihr Vater die Bilder verkauft hatte. Sie verstand nicht, was das sollte. Zu ihrem Vater hatte sie damals keinen Kontakt, weil er noch in Brasilien im Gefängnis saß. Also begann sie zu recherchieren und stieß auf Ferdinand von Döster-Waldberten und die Geschichte mit Johanna und dem Reichtum der Familie von Frangenberg. Schon damals glaubten viele Menschen, dass Ferdinand das Vermögen von Johanna gestohlen hatte. Da erwachte in ihr ein Verdacht. Bei ihrer Recherche kontaktierte sie auch mich."

„Warum dich?", fragte Zorro.

„Weil sie wollte, dass die rechtmäßigen Nachkommen von Johanna von der Geschichte wissen sollten. Sie hatte wohl auch versucht deinen Vater zu kontaktieren, aber er reagierte nicht", erläuterte Onkel Ludwig. Dann fuhr er fort: „Sie erzählte mir, was sie herausgefunden hatte. Schließlich bekam sie doch noch Kontakt zu ihrem Vater, nachdem dieser wieder aus dem Gefängnis entlassen war. Und er nannte ihr den Namen eines Käufers. Birgit verabredete sich mit ihm in Brasilien und untersuchte den Rahmen des Bildes. Tatsächlich fand sie dort einige Juwelen. Bevor sie aber die anderen Käufer ausfindig machen konnte, kamen die Bilder eben nach Deutschland. In die Galerie nach Hamburg. Da beschloss ich die Bilder zu stehlen, um an das Eigentum unserer Ahnin Johanna von Frangenberg zu gelangen. Es war ein großer Fehler. Nur wusste ich damals nicht, wie ich es sonst machen sollte. Es waren fast alle Bilder von Balduin Goldacker in einer Ausstellung versammelt. Ich musste sie mir nur nehmen. So dachte ich …", Onkel Ludwig brach ab und sah betroffen zu Boden.

„Aber, warum hast du diese ganze Geschichte nicht vor Gericht erzählt?", fragte Zorro fast schon verzweifelt. Sein Onkel hatte Jahre im Gefängnis gesessen. Nur um an Juwelen und Gold zu gelangen, die einer lange verstorbenen Ahnin gehört hatten. Einer Frau, die vor über zweihundert Jahren gelebt hatte. Wozu das alles?

„Ich wollte nicht, dass die Familie von Döster-Waldberten wusste, dass ich von den Juwelen weiß. Mir war zu dem Zeitpunkt längst klar, dass auch sie hinter den Juwelen her waren. Also tat ich so, als sei es nur um die Bilder gegangen. Das sollte sie in Sicherheit wiegen. Es waren ja schließlich bekannte Fälschungen von geringem Wert. Deshalb fiel meine Strafe auch vergleichsweise milde aus und das Interesse an den Bildern ließ bald nach."

„Und wo habt ihr die Bilder damals versteckt?", fragte Zorro.

„Hier im Schloss", sagte Onkel Ludwig.

„Wieso hier?", fragte Zorro verwundert.

Onkel Ludwig lächelte: „Weil ich dachte, dass dies ein Ort wäre, an dem die Familie Döster-Waldberten nie nach den Bildern suchen würde. Das Schloss gehörte damals noch ihnen. Aber es stand bereits zum Verkauf. Ich dachte mir, dass niemand darauf käme, dass die Bilder genau hier versteckt wären."

„Das heißt sie sind hier irgendwo?!", japste Zorro aufgeregt.

„Waren!", fuhr sein Onkel dazwischen. „Sie sind weg. Und ich weiß nicht, wo sie sind. Ich dachte, dass Thomas

Fichter irgendetwas damit zu tun hätte. Bis ich von deiner Entführung erfuhr. Da wusste ich, dass jemand Drittes die Bilder genommen haben musste."

„Aber wer?"

„Wenn ich das wüsste", seufzte Onkel Ludwig. „Zunächst dachte ich, es wäre die Familie Döster-Waldberten. Aber ich weiß nun, dass sie die Bilder nicht haben. Sie lassen sie suchen."

„Das heißt, hier verliert sich die Spur", sagte Zorro nachdenklich. „Glaubst du denn, dass die Bilder noch irgendwo aufzufinden sind?"

Onkel Ludwig nickte: „Ich gehe davon aus, dass der Dieb die Bilder noch hat. Wären sie auf dem Kunstmarkt aufgetaucht, hätte man davon erfahren. Auch wenn die rechtmäßigen Besitzer der Bilder diese wiederbekommen hätten. Auch darüber hätten die Zeitungen geschrieben. Aber nichts davon ist passiert. Ich denke, dass der Dieb abwartet, bis sich die Wogen geglättet haben. Dann wird er versuchen, die Bilder zu verkaufen. Natürlich heimlich."

„Und warum bist du wieder nach Deutschland gekommen? Und unter falschem Namen. Du hast doch nichts mehr zu befürchten. Du hast deine Gefängnisstrafe abgesessen", sagte Zorro und merkte erst jetzt, dass ihm sein Bein eingeschlafen war.

„Ich bin ja gleich nach meiner Entlassung nach Brasilien gegangen. Natürlich, um dort die Spur wieder aufzunehmen. Aber es war vergebens. Auch meine Bemühungen Birgit zu kontaktieren scheiterten. Aber die Polizei lässt mich natürlich noch beobachten. Sie glauben ja auch, dass ich die Bilder irgendwo versteckt habe. Also ließ ich mir von einem guten Bekannten den Pass machen. Und um hier nicht aufzufallen, habe ich mich hier unten einquartiert. Ist doch ganz gemütlich", sagte Zorros Onkel und deutete auf die Dinge im Raum. „Ich habe fast alles, was ich brauche."

„Woher wusstest du denn von diesen Räumen und dem Geheimgang?"

„Bei Birgits und meiner Suche nach den Juwelen von Johanna habe ich alle möglichen Schriften und Berichte über die Döster-Waldbertens gelesen. In einem davon war die Rede von geheimen Räumen im Schloss in Dösterfelde. Mit etwas Recherche fand ich diese Räume und verschaffte mir Zutritt. Hier fand ich dann die Schlüssel, die zu den Türen gehören, durch die man von den Räumen in diesen Geheimgang gelangt. Gestern Nacht habe ich mich dann zu deinem Vater ins Büro geschlichen und den Schlüssel dort deponiert. Ich hoffte, dass er verstehen würde, was es bedeutet. Aber du warst schneller", sagte Onkel Ludwig und lachte.

„Und was machst du jetzt?", fragte Zorro.

„Erst einmal muss ich versuchen, Birgit wiederzufinden. Aber ich erreiche sie nirgendwo. Nur mit ihrer Hilfe komme ich wohl weiter."

Zorro nickte. Dann erhob er sich und spürte umgehend die tausend Nadelstiche in seinem linken Bein und Fuß. Mit schmerzverzerrtem Gesicht rieb er sich das Bein.

„Alles in Ordnung?", fragte sein Onkel.

Zorro nickte. „Ist nur eingeschlafen", sagte er zwischen zusammengebissenen Zähnen.

„Oh", sagte sein Onkel. „War die Geschichte so langweilig?"

„Nein, ganz bestimmt nicht", erwiderte Zorro nun schon mit einem Lächeln. „Es war überaus faszinierend. Soll ich Papa sagen, dass du hier bist?"

Onkel Ludwig überlegte einen Moment, dann schüttelte er den Kopf. „Ich denke, dass es besser ist, wenn er zunächst nichts davon weiß."

Zorro verstand und nickte. Er konnte sich nur zu gut vorstellen, was sein Vater dazu sagen würde. Zudem konnte sein Vater keine Geheimnisse vor seiner Mutter behalten. Somit war es auf jeden Fall sicherer, ihn nicht einzuweihen.

„Ich weiß, ich wollte ihn sehen", sagte Onkel Ludwig. „Aber im Moment reicht es, wenn du Bescheid weißt."

Zorro nickte erneut. Dann ging er zu seinem Onkel und legte ihm seine Hand auf die Schulter.

„Du bist echt cool", sagte Zorro. „Verrückt, aber cool."

„Ich dachte nur", sagte Onkel Ludwig und hielt dann für einen Moment inne, „dass Johanna wollte, dass ihr Vermögen den Armen zugute kommen würde. Ich dachte, dass wir es ihr schuldig sind, diesen Wunsch zu erfüllen. Sie zeigte damit ihre Nächstenliebe. Aber Gier und Habsucht beendeten ihr Leben. So konnte sie das Gute nicht mehr tun. Wir können das nachholen. In ihrem Namen."

„Das machen wir", sagte Zorro nun sehr selbstsicher. „Das *Weiße Z* wird die Bilder finden und dann beenden wir, was Johanna von Frangenberg schon vor zweihundert Jahren machen wollte. Wir geben das Geld denjenigen, die es am nötigsten brauchen!"

„Parole Emil!“, sagte sein Onkel neckisch und reckte seine rechte Faust in die Luft.

„Parole Zorro“, berichtigte Zorro seinen Onkel.

„Natürlich!“, sagte sein Onkel und beide mussten lachen.

9. Das Weingut

Als er sich von Onkel Ludwig getrennt hatte, hatte dieser ihm eine Taschenlampe mitgegeben, damit der Weg nicht so düster würde. Eiligen Schrittes war Zorro auf den Dachboden zurückgekehrt. Dann hatte er die Tür hinter sich geschlossen und die Kiste wieder davorgestellt. So schnell er konnte, war er dann wieder in sein Zimmer gelaufen. Er hatte noch kurz überlegt vorher bei Tessi vorbeizugehen. Aber als er unter Tessis Zimmertür kein Licht mehr sah, ahnte er, dass sie bereits schlief. Also war er in sein Zimmer gegangen und hatte sich an seinen Schreibtisch gesetzt.

Für eine Weile hatte er nur aus dem Fenster in die Nacht gestarrt. Dann hatte er seinen Laptop aufgeklappt und war seine E-Mails durchgegangen. Es war nichts Wichtiges dabei. Danach war er lustlos herumgesurft. Zorro wusste nicht, wie er seine Gedanken beruhigen sollte. In seinem Kopf schien sich alles zu drehen. Was für ein Abend, dachte er und ging noch einmal alles im Kopf durch, was ihm sein Onkel erzählt hatte. Sie steckten wieder mittendrin in einem großen Abenteuer. Fast ohne es zuvor bemerkt zu haben. Dann fasste Zorro einen Entschluss. Er schrieb alles, was er heute Nacht erfahren hatte, auf. Als er geendet hatte, ging er noch einmal alles durch. Es las sich gut. Dann rief er die E-Mail-Adressen von Backe, Lilly, Tessi und Montag auf und sendete ihnen seinen Text. Er wollte, dass sie morgen früh alle im Bilde darüber waren, was sich ereignet hatte. Spätestens im Schulbus könnten sie seinen Text ja mithilfe ihrer Handys lesen. Und dann mussten sie sich an einer ruhigeren Stelle treffen, um zu besprechen, was sie als Nächstes tun würden. Die Schilderungen seines Onkels hatten Zorro klargemacht, dass ihnen nicht viel Zeit zum Handeln blieb. Die Familie Döster-Waldberten war schließlich genauso hinter den Bildern her. Und sie hatten bestimmt einen Detektiv eingeschaltet. Jemanden, der sich der Suche ganz professionell annahm.

Nachdem Zorro seinen Rechner heruntergefahren hatte, ging er ins Bett und schlief irgendwann doch noch ein.

Der Schulgong läutete die große Pause ein. Fast augenblicklich flogen in den Fluren der Schule die Türen auf und eine große Welle Schüler ergoss sich aus den Klassenzimmern auf den Pausenhof. Einen Augenblick später erklang von überall her wildes Geschnatter und Rufe. Die Fünftklässler rannten umher und spielten Fangen, während manche aus der Siebten sich beim Basketball vergnügten oder an der Mauer herumlungerten. Über den Schulhof verteilt standen Freundes-Cliquen und steckten die Köpfe zusammen. Alle hatten sich warm angezogen, um sich gegen den kalten Nordwind zu wappnen. Zorro bemerkte, dass schon fast alle Blätter von den Bäumen gefallen waren. Der Hausmeister versuchte vergeblich, durch die Schüler hindurch das Laub zusammenzufegen. Zorro, Backe, Montag, Lilly und Tessi hatten sich auf eine Bankgruppe vor der Bücherei zurückgezogen. Dort saßen sie zusammen, die Kragen ihrer Jacken hochgestellt, die Schultern hochgezogen und rieben ihre Hände aneinander, um sich warm zu halten.

„Mann, ich habe das echt nicht geglaubt, als ich deine E-Mail heute Morgen gelesen habe", sagte Backe und blies warme Luft in seine zusammengefalteten Hände. Dabei hippelte er nervös mit den Beinen.

„Dein Onkel versteckt sich bei euch im Schloss. Das ist echt so krass!"

„Und die Geschichte mit Johanna und den Juwelen und dem Gold", ergänzte Lilly. „Das klang fast wie aus einem Märchen."

„Und es ist wahr", sagte Tessi. „Wer hätte gedacht, dass wir unter diesen Umständen wieder von Onkel Ludwig hören."

„In der Tat", sagte Zorro.

„Und was schlägst du nun vor?", fragte Lilly.

„Na, wir können Onkel Ludwig nur dabei helfen, diese Birgit wiederzufinden", sagte Zorro.

„Und sie sagt uns dann, wo die Bilder sind", sagte Backe scherzhaft.

„Nein, aber sie ist diejenige, die gerade am besten im Bilde ist", entgegnete Zorro.

„Ich weiß nicht", sagte Lilly. „Ich denke, wir müssen woanders ansetzen."

„Ich stimme Lilly zu. Und zwar im Netz. Zunächst müssen wir einmal wissen, wie diese Birgit Goldacker aussieht. Vielleicht findet sich irgendwo ein Foto von ihr?", schlug Tessi vor.

„Gute Idee", sagte Montag. „Damit sollten wir anfangen. Dann sehen wir weiter."

„Wird also schon wieder nichts mit der Musik", sagte Backe enttäuscht.

„Heute noch nicht", tröstete Zorro ihn. „Aber ganz bald. Versprochen."

„Dann treffen wir uns um vierzehn Uhr bei uns am Schloss?", fragte Tessi. Die anderen nickten.

Der restliche Schultag brachte keine wesentlichen Ereignisse und so standen Zorro und seine Schwester um halb zwei vor der Schule, um sich von ihrer Mutter abholen zu lassen. Kaum zu Hause angekommen, schlangen die beiden ihr Essen herunter und verzogen sich dann in Tessis Zimmer. Es dauerte nicht lange bis Montag, Backe und Lilly läuteten.

„Ah, die Damen und Herren Detektive", hörten sie ihren Vater spötteln, als er die Haustür öffnete. Einen Augenblick später standen die Drei in Tessis Zimmer.

„Setzt euch", sagte Zorro und deutete auf das Sofa. „Wir haben schon Limonade, Wasser und etwas zu knabbern für euch vorbereitet."

„Super!", sagte Backe und griff sich ein paar Salzstangen.

„Also, ich habe schon einmal nach der guten Birgit Goldacker gesucht. Leider habe ich keine aktuellen Bilder von ihr gefunden. Nur Darstellungen, die bestimmt zehn oder fünfzehn Jahre alt sind", sagte Tessi und öffnete dann eine Datei. „Aber Zorro meint, man erkennt sie trotzdem."

„Die Frau von der Pressekonferenz“, sagte Lilly und sah erstaunt in die Runde.

„Es ist keine wirkliche Überraschung“, sagte Zorro. „Ich hatte das vermutet. Schließlich war sie es, die uns durch die Visitenkarte überhaupt erst auf die Spur von Balduin Goldacker gebracht hat.“

„Und nun? Geben wir das Bild der Polizei und melden sie als vermisst?“, fragte Montag.

„Das wird wohl kaum klappen“, sagte Lilly.

„Wohl kaum“, pflichtete Zorro ihr bei.

„Also sind wir genauso weit wie gestern“, meinte Backe. „Was soll dann die ganze Sache noch?“

„Nicht ganz“, sagte Zorro. „Jetzt wissen wir, wie sie aussieht. Das hilft uns. Und wir sollten noch einmal genau überlegen, was wir in der Galerie Goldacker alles gesehen haben“, sagte Zorro und sah dabei seine Freunde nacheinander an. „Ist uns noch irgendetwas aufgefallen, was wir nicht besprochen haben? Erinnert ihr euch an irgendeinen Gegenstand, einen Hinweis, ein Wort, ein Bild – was auch immer – was mit der Sache zu tun haben könnte?“

„Och, Mann!“, stöhnte Backe. „Deshalb sind wir nun hier zusammengekommen? Um noch einmal all das durchzukauen, was wir ohnehin schon wissen?“

Plötzlich sagte Lilly leise: „Mir geht immer noch nicht das Bild mit dem Schloss aus dem Sinn. Ich meine, gut, wir haben da die Namen der ganzen Käufer gefunden, aber war das wirklich der Hinweis, auf den es ankam?“

Alle nickten, aber keiner sagte etwas. Und dann war es Backe, über dessen Gesicht plötzlich ein Blick zog, als hätte er gerade etwas kapiert. „Leute, die Weinflasche!“, rief er und sah erwartungsvoll zu seinen Freunden.

„Was ist damit?“, fragte Montag.

„Da stand doch ein Datum drauf!“, sagte Backe. „Welches war das noch mal?“

„1749“, sagte Lilly schulterzuckend.

„Das Jahr, in dem Johanna geheiratet hat!“, schoss Zorro hervor. „Mensch Backe, das könnte es sein!“

„Ich versteh nur Bahnhof!“, sagte Montag und auch Lilly blickte verständnislos in die Runde.

„Wir müssen die Kiste noch einmal untersuchen“, sagte Zorro. „Wir haben uns doch alle gewundert, was denn eine Weinflasche in einer solchen Kiste macht. Wie hieß das darin noch gleich?“

„Aussteuer“, wiederholte Lilly.

„Genau. Wir waren uns doch einig, dass eine Weinflasche dort nicht reingehört. Also wäre es doch gut möglich, dass sich dahinter der Hinweis verbirgt, den wir suchen.“

„Gut, gehen wir und untersuchen die Kiste noch einmal“, sagte Montag und sprang vom Sofa auf.

„Okay, aber lasst mich nicht zu lange warten“, sagte Tessi.

„Keine Sorge“, versprach Zorro. „Wir holen die Flasche nur eben schnell.“

Eilig liefen die vier Freunde wieder die Freitreppe hinauf und die Galerie entlang. Dann erreichten sie die Tür, die zum Dachboden führte, und stiegen auf den Dachboden hinauf. Mit wenigen Schritten waren sie bei der Kiste und holten sie vorsichtig hervor. Als Nächstes öffneten sie das Schloss und hoben den Deckel an. Da lag die Flasche vor ihnen. Noch immer auf ihr Lager aus Taschentüchern, Samthandschuhen und Tischdecken gebettet. Montag ergriff den Flaschenhals und hob sie vorsichtig an. Er reichte sie Zorro, der sie sicher mit beiden Händen festhielt. Hierauf schlossen sie den Deckel der Kiste wieder. Montag und Backe hoben sie schließlich hoch und stellten sie wieder auf ihren angestammten Platz. Als Letztes machten sie sich vorsichtig, aber zügig auf den Rückweg.

„Schon beeindruckend", sagte Tessi, als sie die Weinflasche bei sich auf dem Couchtisch stehen sah. „Eine Weinflasche, die über zweihundert Jahre alt ist." Sie beugte sich weiter vor, um das Etikett zu erkennen.

„Man kann leider kaum etwas lesen", sagte Lilly. „Außer dem Datum."

„Ich meine, das hier ist ein ‚T'", sagte Montag und deutete auf einen Buchstaben. „Und hier vorn – das sieht mir aus wie ein ‚S'."

„Wir könnten einmal versuchen die Konturen, die wir erkennen können, mit Bleistift nachzuzeichnen. Vielleicht ergibt sich daraus etwas¿", schlug Tessi vor.

„Gute Idee", stimmte Lilly zu. „Warte, ich habe hier sogar einen." Lilly zog einen Stift aus ihrem Rucksack, den sie noch aus der Schule mitgebracht hatte.

„Also, dann überlegen wir einmal, welche Buchstaben wir ausmachen können", sagte Backe. „Wir haben hier als ersten Buchstaben ein ‚S' und hier ein neues Wort mit ‚T' am Anfang. Das dort könnte ein kleines ‚R' sein."

Buchstaben für Buchstaben trugen die fünf Freunde zusammen und notierten sie auf einem Zettel. Dabei versuchten sie, die Reihenfolge der Worte schon zu bestimmen. Nach zehn Minuten waren sie am Ende.

„Und, was haben wir?", fragte Zorro.

„Nicht gerade viel", sagte Montag. „Ich glaube, wir können mit relativer Sicherheit sagen, dass es sich um einen Silvaner handelt. Das bezeichnet aber nur die Weinart, also die Rebsorte."

„Daraus können wir leider nicht schließen, woher der Wein stammt", sagte Lilly.

„Und die anderen Buchstaben?", fragte Zorro.

„Ein ‚T', ein ‚O', ein ‚C', ein ‚E', ein ‚H' und ein ‚S'", sagte Backe. „Kennt jemand einen Ort der ‚Tocehs' oder so ähnlich heißt?"

Alle schüttelten den Kopf.

„Also wieder nichts", sagte Lilly und lehnte sich seufzend auf dem Sofa zurück.

„Könnte das nicht ein ‚N' sein?", fragte Zorro. „Und hier, das ist vielleicht ein ‚A'."

„Tocenhas", sagte Backe. „Kenne ich auch nicht."

„Aber würde man annehmen, dass es sich hierbei um ein ‚R' handeln würde …"

„Dann?", fragte Tessi ihren Bruder.

„Dann hätten wir schon einmal neun Buchstaben", sagte Zorro und seufzte. „Aber …"

„Warte mal“, sagte Tessi auf einmal. „Wir können zwar die anderen Buchstaben nicht erkennen, aber man könnte vermuten, dass es insgesamt dreizehn sind. Die Schatten auf dem Etikett sehen so aus.“

„Ja, stimmt“, pflichtete Lilly ihr bei. „Und was lesen wir daraus?“

„Dass es sich um ‚Trochenhausen‘ handeln könnte“, sagte Tessi.

„Trochenhausen – du meinst unser *Bad Trochenhausen*?“, fragte Backe.

„Ja, warum nicht?“

„Möglich wäre das“, fand Lilly.

„Ein Silvaner aus Bad Trochenhausen“, murmelte Montag bedächtig.

„Okay, ich sehe mal eben nach“, sagte Tessi und drehte ihren Rollstuhl so, dass sie wieder vor ihrem Laptop saß. Dann tippte sie ihre Suchbegriffe ein.

Lilly, Montag und Backe streckten sich derweil auf dem Sofa und aßen Salzstangen und Chips. Zorro saß auf dem Bettrand und starrte hinaus in den Garten. Alle warteten auf die erlösende Botschaft von Tessi.

„Mmh“, machte Tessi. „Also hier finde ich nichts zu Wein und Trochenhausen.“

„Es kann ja sein, dass es das Weingut nicht mehr gibt“, sagte Montag. „Der Wein ist immerhin über zweihundert Jahre alt.“

„Möglich wäre das natürlich“, sagte Tessi.

„Ich kann mir ehrlich gesagt auch nicht vorstellen, dass es da jemals ein Weingut gegeben haben soll“, sagte Backe. Genüsslich griff er anschließend in die Schüssel mit den Kartoffelchips.

„Warum nicht?“, fragte Tessi.

„Bad Trochenhausen ist bekannt für seine endlosen Kartoffeläcker. Da ist weit und breit kein Berg. Da war auch nie einer. Die bauen da seit tausend Jahren Kartoffeln an“, erklärte Backe.

„So lange gibt es die Kartoffel in Deutschland noch gar nicht“, berichtigte ihn Montag.

„Du weißt, was ich meine“, sagte Backe. „Vielleicht haben sie vorher Möhren oder Kohlrabi oder was weiß ich da angebaut. Aber bestimmt keinen Wein. Der einzige Hügel, der da steht, ist der Hügel mit der Bärenhöhle. Wisst ihr noch? Da waren wir doch in der dritten Klasse mit der Schule. Wo sollte dort denn Wein angebaut werden?“

Alle schwiegen. Montag beugte sich vor, stützte seine Ellenbogen auf die Oberschenkel und blickte zur Zimmerdecke. Backe sah in die Runde. Tessi scrollte über ihren Bildschirm und Lilly nestelte an ihrem Pulli herum. Da waren sie wieder. In einer Sackgasse. Der Wein führte sie nirgendwo hin. Für einen Moment überlegte Zorro noch, ob sie die Kiste doch noch einmal genauer untersuchen sollten. Unter Umständen war die Botschaft irgendwo unter den Tischdecken oder Spitzentaschentüchern? Aber er verspürte keine rechte Lust, noch einmal auf den Dachboden zu gehen. Wenn sie ehrlich waren, dann war die Luft raus. Sie hatten alles versucht. Sie waren jeder möglichen Spur gefolgt und nun standen sie vor einer Wand. Einer Wand, die sie nicht mehr überwinden konnten und nicht mehr überwinden wollten. Egal, wie sie die Sache betrachteten – die Lage war festgefahren. Sie hatten keine weiteren Anhaltspunkte mehr. Zorro dachte darüber nach, ob er Onkel Ludwig später von ihrem Treffen erzählen würde. Aber was sollte er ihm sagen? Lieber Ludwig, wir hatten da eine Idee, aber die war Quatsch? Was sollte das bringen? Dann dachte Zorro an das, was Backe gesagt hatte. Dritte Klasse, Schulausflug zur Bärenhöhle. Eine Höhle – er wusste gar nicht, dass es hier eine Höhle gab. An Bad Trochenhausen fuhren sie jeden Morgen vorbei, wenn sie nach Bad Trekelsingen zur Schule fuhren. Aber von der Höhle hatte Zorro zuvor noch nie gehört. Er beschloss, dass er die Höhle bald einmal besuchen wollte.

Und dann geschah es. Es war, als käme ihnen allen gleichzeitig die Erkenntnis. Montag sah in die Runde, Lilly blickte auf, Backe hörte auf zu kauen und Tessi drehte sich zu ihnen um:

„DIE HÖHLE!!!!“, riefen sie alle im Chor.

Was gab es für ein besseres Versteck als eine Höhle? Ihre Augen strahlten. Das musste es sein. Natürlich! Es lag so deutlich vor ihnen! Wenn es stimmte, was Backe sagte, dann gab es auch zu Zeiten von Johanna keinen Weinbau in der Gegend. Und wenn man überlegte, wo Johanna wohl ihren Schmuck hätte verstecken können, dann blieb nur die Höhle. Man konnte davon ausgehen, dass derjenige, der die Bilder aus ihrem Versteck im Schloss gestohlen hatte, um die

Geschichte von Johanna wusste. Und natürlich von den gestohlenen Juwelen und Goldstücken, die in den Bilderrahmen versteckt waren. Vielleicht wusste derjenige somit auch von der Höhle? Was wäre es für ein Coup, wenn es jemandem gelänge, die Bilder an sich zu bringen UND die lange verschollenen Juwelen und Goldstücke wiederzufinden? So wäre ein Großteil von Johannas Schatz wieder vereint!

„Gut, wenn wir uns jetzt auf den Weg machen, schaffen wir es noch, bevor es dunkel wird", sagte Backe und sah auf seine Uhr.

„Okay, was müssen wir mitnehmen?", fragte Lilly.

„Auf jeden Fall Taschenlampen", sagte Montag.

„Und vielleicht ein Seil. Zur Sicherheit", ergänzte Lilly.

„Also, lasst mich meinen Rucksack holen und dann packen wir alles ein, was wir gebrauchen könnten", sagte Zorro und sprang auf. Er lief in sein Zimmer, öffnete seinen Kleiderschrank und griff sich seinen alten, blauen Wanderrucksack. Damit lief er zu einer Umzugskiste, die immer noch gepackt in einer Ecke seines Zimmers stand. Darin befanden sich die Dinge, die er nicht unmittelbar brauchte, darunter auch zwei Taschenlampen, eine Stirnlampe und ein Seil, das er aus einem Urlaub in den Rocky Mountains mitgebracht hatte. Zorro stopfte alles in den Rucksack und überlegte dann erneut, was sie noch brauchen konnten. Zur Sicherheit packte er noch Pflaster und sein Taschenmesser ein. Dann zog er die Kordel des Rucksacks zu, griff seine Jacke und schwang sich den Rucksack auf den Rücken. Als er sein Zimmer verließ, standen seine Freunde schon auf dem Flur.

„Ich habe Frau Wernicke eben gebeten, dass sie uns noch ein paar Müsliriegel und Wasserflaschen einpackt", sagte Tessi und fuhr auf Zorro zu. „Meinst du, dass ich wirklich mitkommen kann?"

„Natürlich!", sagte Zorro.

„Klar doch", sagte Backe. „Wir sind das *Weiße Z*. Da gilt: Einer für alle, alle für einen!"

Montag und Lilly mussten lachen.

„Ich dachte, das war das Motto der drei Musketiere?", fragte Lilly noch lachend.

„Ist doch egal. Passt auch bei uns. Und deshalb kommt Tessi natürlich mit zur Höhle. Ich meine, dass dort ein breiter Feldweg hinführt. Da bekommen wir den Rollstuhl schon drüber weg."

„Wenn es in der Höhle nicht weitergeht, bleibe ich bei dir", sagte Montag und lächelte Tessi zu.

„Danke", sagte Tessi. „Ich bin echt aufgeregt. Es ist das erste Mal, dass ich bei einem Einsatz dabei bin."

„Hey, was haltet ihr davon, wenn wir noch kurz beten?", fragte Montag. „Ich meine, das ist jetzt wieder ein echtes Abenteuer und ich glaube, das wir da gut ein bisschen Schutz gebrauchen können. Meint ihr nicht?"

Alle stimmten zu. So stellten sie sich auf der Galerie in einen Kreis und fassten sich bei den Händen. Gemeinsam beteten sie ein kurzes Gebet, in dem sie Gott um Schutz für ihre Exkursion in die Höhle baten. Während des Gebets kam es Zorro so vor, als hörte er wieder Schritte in der Wand. War das Onkel Ludwig, der durch den Geheimgang schlich? Zorro überlegte für einen Moment, ob sie ihn einweihen sollten. Dann entschied er sich dagegen. Zu vage war ihre Vermutung. Was, wenn sich die Spur mit der Höhle auch als falsch herausstellte? Sollten sie dort weiterkommen, dann würde er Onkel Ludwig davon berichten. Aber nicht eher.

Wenig später standen alle warm angezogen an der Bushaltestelle vor dem Schloss. Zorro hatte seinen Rucksack geschultert, Handschuhe und Schal angezogen und seine Kapuze übergezogen. Von Norden her blies ein kalter Wind, der ihre Augen tränen ließ.

Zorro tippelte von einem Fuß auf den anderen. Auch Tessi blies sich warme Luft zwischen ihre Hände, obwohl sie Handschuhe trug. Montag und Backe lehnten an der Rückwand des kleinen Wartehäuschens, die Schultern hochgezogen und die Hände tief in den Taschen vergraben. Dann sahen sie die Lichtkegel der Busscheinwerfer über den Hügel kommen. Wenig später hielt der Bus und die fünf Freunde stiegen ein. Hier war es angenehm warm. Außer ihnen saßen nur zwei ältere Damen nahe der Mitteltür.

„Wo soll's hingehen?", fragte der Busfahrer und warf ihnen einen freundlichen Blick zu.

„Nach Bad Trochenhausen", sagte Backe.

„Ist da heute etwas Besonderes los?", fragte der Busfahrer.

„Nee, wir wollen da nur so hin. Ein bisschen bummeln", sagte Montag.

„Bummeln in Bad Trochenhausen?“, fragte der Busfahrer und zog die Augenbrauen hoch. „Was gibt es denn dort zu sehen?“

„Klar, nicht viel“, gab Lilly zu. „Aber wir müssen einfach einmal etwas anderes sehen als Dösterfelde!“

Nun lachte der Busfahrer und sagte: „Ja, das kann ich verstehen.“

Dann schloss er die Türen und fuhr los. Zorro setzte sich in die erste Reihe, lehnte seinen Kopf an die Scheibe und dachte nach. Er dachte an die Ereignisse der letzten Tage. An die Pressekonferenz, den Abend in der Galerie, das Treffen mit Onkel Ludwig. Eigentlich hatte er sich auf einen ruhigen Herbst mit viel Musik gefreut und nun steckten sie mittendrin in ihrem nächsten Abenteuer. Doch Zorro schwor sich, dass dies die letzte Spur sein würde, die er verfolgte. Sollten sie auch hier nichts finden, überließ er die Suche Onkel Ludwig. Dann würde er sich mit Backe wirklich dem Ausbau des Probenraumes und dem Musikmachen widmen. Zorro achtete nicht auf die Landschaft draußen oder den vorbeirauschenden Verkehr. So bemerkte er auch nicht, dass ihnen seit geraumer Zeit ein grauer PKW folgte.

10. Überraschung in der Höhle

„Na dann viel Spaß!“, sagte der Busfahrer und öffnete die Tür. Ein Schwall kalten Windes schlug ihnen entgegen. Nun mussten sie sich schon mächtig gegen die Böen anlehnen. Gemeinsam mit Backe und Montag hob Zorro Tessis Rollstuhl aus dem Bus. Zunächst stellten sie sich eilig im Wartehäuschen unter und sahen den Busscheinwerfern nach, die schnell in der Dämmerung verschwanden.

„Gut“, sagte Backe und zog ein gefaltetes Stück Papier aus seiner Jacke. Er faltete es auf.

„Was ist das?“, fragte Zorro.

„Das ist ein Plan, den Tessi und ich aus dem Internet geladen haben. Darauf ist der Wanderweg zur Bärenhöhle eingezeichnet“, sagte Backe und drehte sich ein wenig, sodass er im Licht der Leuchtreklame stand, die in einer Seitenwand des Wartehäuschens rotierte.

„Also, von hier aus noch gut fünfzig Meter die Straße runter und dann links auf einen Feldweg“, erklärte er. „Ich denke, dass wir dann schon weitere Schilder finden.“

So machten sie sich auf. Tessi hatte ihre Jacke eng um sich geschlungen und eine Wolldecke über ihre Beine gelegt. Mit der rechten Hand hielt sie ihre Mütze fest. Auch Zorro hatte den Kragen seiner Jacke hochgeschlagen und das

Gesicht vom Wind abgewandt. Als sie auf den Feldweg abbogen, beruhigte sich der Wind langsam. Nur am Rauschen der wenigen Blätter, die noch an den Bäumen hingen, bemerkten sie, dass er immer noch wehte. Der Feldweg war zum Glück gut ausgebaut, sodass sie keine Probleme mit Tessis Rollstuhl hatten.

Für einige Minuten liefen sie so weiter, ohne etwas zu sagen. Nach ungefähr zwei Kilometern machte der Weg eine Biegung und führte nun leicht aufwärts. Nach einer Weile löste Montag Zorro ab und schob Tessis Rollstuhl.

„Ich hoffe, dass es nicht mehr so weit ist", sagte Tessi. „Es tut mir leid, dass Montag mich schieben muss."

„Mache ich doch gern", sagte der und lächelte. „Zudem ist es gut für meinen Bizeps."

Backe und Lilly trotteten hinterher, während Zorro einige Meter vorweg lief und mit der Taschenlampe nach Wegweisern Ausschau hielt. Dann endlich fand er einen und rief seinen Freunden begeistert zu: „Von hier sind es nur noch fünf Minuten!"

So gingen sie weiter, bis einige erste Felsen anzeigten, dass es nicht mehr weit sein konnte. Und tatsächlich: Nach nur weiteren hundert Metern standen sie auf einmal vor dem Eingang der Höhle. Umrahmt von kantigen Felsformationen öffnete sich der Berg. Der Eingang wirkte wie das Maul eines riesigen Tieres. Spitze Felsvorsprünge wirkten wie abgebrochene Zähne. Zorro schätzte, dass die Decke des Höhleneingangs vier bis fünf Meter hoch reichte und ungefähr zehn Meter breit war. Da durch die Baumwipfel des umgebenden Waldes kaum noch Licht auf den Höhleneingang fiel, leuchtete Zorro mit seiner Taschenlampe ins Innere und ließ den Lichtstrahl an den Wänden hochwandern. Die Höhle schien zunächst genauso weiter zu verlaufen und eine große Halle zu bilden. Erst weiter hinten verengte sie sich zu einem schmaleren Gang.

„Sollen wir alle reingehen?“, fragte Montag.

Zorro drehte sich um und schaute auf Tessi. Der Boden in der Höhle schien ziemlich uneben zu sein.

„Ich bleibe gern hier“, beeilte Tessi sich zu sagen. Doch Zorro wusste, wie schwer es ihr fiel.

„Ich bleibe gern mit Tessi hier!“, sagte Montag. „Sie sollte hier auf keinen Fall allein bleiben.“

„Ich kann schon ganz gut auf mich aufpassen“, protestierte Tessi.

„Daran habe ich keinen Zweifel“, sagte Montag. „Ich dachte nur, ich leiste dir Gesellschaft?“

Tessi nickte.

„Okay, dann bleibt ihr hier“, sagte Zorro. „Lilly, Backe und ich gehen rein.“

„Aber nicht zu tief!“, warnte Tessi.

„Keine Sorge“, sagte Zorro und sah beruhigend zu ihr hinüber. Dann holte er noch eine Taschenlampe aus seinem Rucksack und reichte sie Lilly. Zuletzt schulterte er seinen Rucksack erneut und gab Backe ein Zeichen. Zu dritt machten sie sich auf den Weg in das Innere der Höhle. Zunächst bestand der Boden noch aus festgetretener Erde, doch weiter hinten wurde es langsam steinig. Zudem verengte sich der Gang. Zorro tastete mit der linken Hand die Wand ab, während er mit der Taschenlampe in der Rechten den Weg ausleuchtete. Direkt hinter ihm folgte Backe. Dahinter lief Lilly mit ihrer Taschenlampe. Aus der Höhle wehte ihnen eine kühle Brise entgegen. Es roch ein wenig muffig und feucht. Wenig später knickte der Gang nach rechts ab und wurde wieder etwas breiter. Auf einmal bemerkte Zorro ein Glitzern vor sich. Er leuchtete in die Richtung und sah etwas, das aussah wie eine Pfütze. Als sie näherkamen, stellte sich heraus, dass es sich um einen kleinen Teich handelte. Er war nicht sehr tief und das Wasser war glasklar. Zorro ließ den Lichtkegel einen Moment lang über das Wasser gleiten. Es glitzerte silbern. Dann ließ er den Lichtstrahl an der gegenüberliegenden Wand hochwandern. Die Wände waren feucht und schimmerten grünlich und weiß. Wassertropfen liefen von der Decke herunter. Nur an einer Stelle war die Wand schwarz. Rechts davon ragte ein fast mannshoher Tropfstein auf, ein Stalagmit.

„Was suchst du?“, fragte Lilly.

„Weiß nicht“, antwortete Zorro ohne den Blick von der Wand zu nehmen. „Ich frage mich nur gerade, wo man so einen Schatz verstecken würde.“

„Lass uns doch weitergehen“, schlug Backe vor. Zorro und Lilly nickten. Vorsichtig machten sie sich auf den Weg. Der Pfad wurde schmaler und steiniger. Auch war die Decke bald so niedrig, dass sie aufpassen mussten, sich nicht die Köpfe zu stoßen. Dann erreichten sie das Ende der Höhle. Vor ihnen verengte sich der Gang zu einem schmalen Spalt.

„Hier geht es nicht mehr weiter“, sagte Lilly.

„Das heißt?“, fragte Backe.

„Na, dass die Sachen woanders sein müssen“, sagte Zorro.

„Dann endet unsere Suche also hier?“, fragte Lilly enttäuscht.

„Wer weiß“, antwortete Zorro nachdenklich. „Lasst uns noch einmal zu dem kleinen Teich gehen.“

Langsam trotteten die drei Freunde zurück.

Dann erreichten sie den Teich. Erneut ließ Zorro seinen Lichtstrahl über das Wasser gleiten und blieb an der dunklen Stelle an der Wand hängen. Irgendetwas störte ihn daran. Was war da?

„Wartet, ich sehe mir das mal eben an“, sagte Zorro. Er reichte Backe seine Taschenlampe: „Hier, halt mal bitte.“ Dann bückte er sich, schlüpfte aus seinen Schuhen, zog die Socken aus und krempelte seine Hose ein Stück hoch. Am Ende gab Backe ihm die Lampe zurück.

Vorsichtig tastete Zorro sich mit einem Fuß vor. Das Wasser war eiskalt. Er zögerte einen Moment, machte dann aber den nächsten Schritt. Er zitterte. Es fühlte sich an, als würde er durch einen Berg von Eiswürfeln laufen. Nach vier Schritten hatte er die gegenüberliegende Wand erreicht. Zorro sah sich um und suchte nach einer Möglichkeit, sich irgendwo festzuhalten, um aus dem Wasser zu kommen. Die Wand war eindeutig zu glitschig. Das würde nicht klappen. Erneut besah er sich die Stelle, die im Licht schwarz ausgesehen hatte. Nun erkannte er, dass es sich um eine kleine Vertiefung handelte. Es war ein Spalt. Ungefähr zehn Zentimeter breit und so hoch wie die Hand eines erwachsenen Mannes, aber nicht sehr tief. Vorsichtig streckte er seine Hand in Richtung des Spalts. Dann ließ er sie hineingleiten. Der Spalt war trocken und rau und bot ihm die Möglichkeit sich festzuhalten. Zorro stieg aus dem Wasser. Der Boden, auf dem er nun stand, war glitschig und kalt. Aber es war besser auszuhalten als das eiskalte Wasser.

Zorro ließ den Lichtstrahl nun die Wand entlanggleiten. Alles war von einem moosartigen, grünlichen Belag überzogen. Nur hier und da ragten kleine Kalksteine aus der Wand. Dann fiel sein Blick nach rechts. Dort stand der Stalagmit. Er war in etwa so groß wie Zorro. Und erst jetzt bemerkte Zorro den Bereich hinter dem gewaltigen Tropfstein. Eilig drehte er sich nach rechts und machte einen Schritt auf dem glitschigen Boden. Er wäre beinahe gestürzt, schaffte es aber noch einen neuen Halt zu finden. Vorsichtig schob er sich hinter den Tropfstein, und wirklich: Genau hinter dem Stein öffnete sich die Wand.

Es war ein schmaler Gang. Dieser Gang war vom Weg aus nicht zu sehen gewesen, da der Tropfstein ihn genau verdeckte. Er war etwas niedriger, als Zorro groß war, und gerade so breit, dass Zorro sich hineinquetschen konnte. Zaghaft schob er sein rechtes Bein in den Gang. Er fürchtete, dass er auf etwas Scharfes treten könnte. Aber der Boden war dort genauso glitschig und glatt wie überall um den Teich. Zorro suchte erneut nach Halt und fand einen kleinen Felsvorsprung, an den er sich klammern konnte. Langsam zog er sich daran in den schmalen Gang. Mit der Taschenlampe leuchtete er nun in dessen Tiefe. Dann entdeckte er es. Ungefähr drei Meter vor ihm zeichnete sich etwas ab. Es sah aus wie eine Kiste. Recht hoch, dafür sehr schmal. Sie war mit Schlamm bedeckt, sodass Zorro nicht erkennen konnte, ob sie aus Holz oder Metall war. Eilig schob er sich den Griff der Taschenlampe zwischen die Zähne, um nun auch mit der rechten Hand nach Halt zu suchen. Er fand einen weiteren kleinen Felsvorsprung und zog sich nun weiter. Seine Füße rutschten ein wenig, aber er behielt das Gleichgewicht. Langsam setzte er den linken Fuß nach vorn. Er stützte sich auf den Felsvorsprüngen ab und beugte den Oberkörper vor. Schnell reichte er mit der linken Hand nach vorn, auf der Suche nach einem weiteren Halt. Er fand eine kleine Vertiefung im Fels. Gerade groß genug, um sich festzuhalten. Dann erreichte er die Kiste.

Mit der freien rechten Hand wischte Zorro darüber. Sie schien aus Metall zu sein. Aluminium, schätzte Zorro. Mit der Handkante wischte er so viel Schlamm zur Seite, wie er nur konnte. Doch auf der Kiste fand sich kein Name. Zorro wusste nicht, ob er enttäuscht sein oder sich freuen sollte. Er hatte eigentlich eine alte Holzkiste mit rostigen Metallbeschlägen erwartet. Darin hatte er gehofft, die Juwelen und Wertsachen der Freifrau zu finden. Aber eine Aluminiumkiste passte nicht so recht ins 18. Jahrhundert. Vielleicht hatte diese Kiste auch gar nichts mit der ganzen Sache zu tun? Es war schließlich gut möglich, dass sich darin Ausrüstungsgegenstände von Höhlenforschern befanden. Es gab nur einen Weg das herauszufinden. Er musste die Kiste hier aus dem Gang bekommen. Doch das wäre mit Sicherheit schwieriger als gedacht. Erneut besah sich Zorro die schmale Seite der Kiste. Tatsächlich gab es dort einen Griff. Nicht gerade groß, aber wohl genug, um sie auf dem glitschigen Boden hervorzuziehen.

Vorsichtig suchte Zorro wieder nach dem Felsvorsprung und fand ihn nach einigem Tasten. Dann nahm er mit der rechten Hand den Griff und begann daran zu ziehen. Zunächst ließ sie sich nicht bewegen, doch dann gab der Schlamm die Kiste mit einem schmatzenden Geräusch frei. Sie rutschte ihm mit Schwung entgegen, sodass Zorro schon befürchtete, dass sie ihm auf dem Fuß landen könnte. Doch sie blieb kurz vor ihm stehen. Langsam machte Zorro nun einen weiteren Schritt in Richtung des Teiches. Erneut zog er an der Kiste und wieder rutschte sie auf ihn zu. Nun hatte er das Ende des Ganges erreicht. Hier stellte sich ein weiteres Problem. Wie sollte er die Kiste über das Wasser bekommen? Er wusste nicht, ob sie wasserdicht war. Er musste deshalb versuchen, sie über das Wasser zu heben. Aber allein würde er das nicht schaffen. Zorro entschied sich, die Kiste kurz stehen zu lassen, und Backe und Lilly Bescheid zu sagen. Vorsichtig kletterte er zurück und winkte seinen beiden Freunden über den Teich hinweg. Dann erzählte er ihnen, was er gefunden hatte.

„Meinst du, darin könnten die Bilder sein?“, fragte Backe aufgeregt.

„Könnte sein“, sagte Zorro. „Oder etwas ganz anderes. Aber jetzt brauche ich eure Hilfe. Wir müssen die Kiste hier über den Teich tragen.“

Lilly sah Backe auffordernd an.

„Ich?", sagte Backe, wobei er auf sich selbst deutete. „Mich kriegen da keine zehn Pferde in das Wasser. Das ist eiskalt!"

„Na, dann eben nicht", erwiderte Lilly und zog sich kurz entschlossen die Schuhe und Socken aus. Dann setzte sie den ersten Fuß vorsichtig ins Wasser. Auch sie zuckte zusammen.

„Ist das kalt", bibberte sie. Doch entschlossen schritt sie durch den Teich, bis sie Zorro erreichte. Der reichte ihr seine Hand und half ihr aus dem Wasser.

„Das ist die Kiste", sagte Zorro und deutete auf die verschlammte Box.

„Na, dann wollen wir einmal", sagte Lilly und hangelte sich am Tropfstein vorbei zur Kiste. „Hast du eine Idee, wie wir es machen sollen?", fragte sie Zorro.

„Ich schlage vor, dass ich sie hier am Griff bis zum Wasser ziehe. Dann tauschen wir und du nimmst den Griff vorn und ich gehe hinter die Kiste und versuche sie von dort anzuheben."

„Gut", erwiderte Lilly und machte einen kleinen Schritt zur Seite, wobei sie fast auf dem feuchten Felsen ausgerutscht wäre.

Zorro ging nun zurück zum Wasser, setzte seinen rechten Fuß in den Teich und drehte sich dann um. Mit der rechten Hand reichte er zu dem Griff an der Kiste und zog sie nach vorn. Lilly stützte und schob sie ein Stück von der Seite. Dann wechselten sie ihre Positionen. Lilly ging nun zurück in den Teich und packte den Griff. Zorro schob sich hinter die Kiste und fand auch dort einen Griff.

„Okay Lilly!", rief Zorro. „Auf drei heben wir sie an. Eins, zwei, drei!" Mit einem Ruck hoben die beiden die Kiste hoch. Es ging leichter als erwartet. Dann machten sie sich langsam auf den Weg durch den Teich. Vorsichtig setzten sie ihre Schritte auf den glitschigen Boden. Schritt für Schritt näherten sie sich dem anderen Ufer. Dort beugte sich Backe ein wenig über den Rand des Teichs und half ihnen, die Kiste aufs Trockene zu hieven. Als sie sicher auf festem Boden stand, stiegen Zorro und Lilly aus dem Wasser und beeilten sich ihre Socken und Schuhe wieder anzuziehen. Währenddessen hatte Backe noch weiteren Schlamm von der Kiste gewischt und dabei das Schloss gefunden. Es schien, als wäre es nicht verschlossen.

„Ich denke, wir sollten sie hinlegen", sagte Lilly. Backe nickte. Gemeinsam hoben sie die Kiste an und legten sie so auf die Seite, dass das Schloss oben war.

„Nun kommt der Moment der Wahrheit", sagte Zorro. Er spürte, dass ihm seine Zunge am Gaumen klebte. Sein Herzschlag beschleunigte sich. Und obwohl er bis gerade eben noch durch eiskaltes Wasser gelaufen war, kam es ihm auf einmal sehr heiß vor. Er wischte sich mit dem Ärmel seiner Jacke über die Stirn und hockte sich dann hin.

„So, dann wollen wir einmal." Zorro reichte seine Taschenlampe an Backe, der den Lichtstrahl auf die Kiste gerichtet hielt. Noch einmal dachte Zorro daran, dass sich in der Kiste auch bloß Utensilien von Höhlenforschern befinden konnten. Dann wäre alles vergebens gewesen. Zorro drückte leicht auf das Schloss. Mit einem Klacken sprang es auf. Zorro sah hoch zu seinen Freunden. Erwartungsvoll sahen sie ihn an. Dann schob er seine Finger unter den Deckel und hob diesen an.

Backe und Lilly leuchteten ins Innere der Kiste. Zunächst sahen sie nichts. Doch dann erkannten sie die schwarzen Tücher. Darin war etwas eingeschlagen. Vorsichtig hob Zorro das oberste Tuch an. Es fühlte sich samtig und weich an. Im nächsten Moment blitzte etwas auf. Backe leuchtete in die entsprechende Ecke. Dort blinkte etwas Goldenes auf.

Zorros Herz pochte nun noch schneller. Er beugte sich vor und berührte die Stelle. Es war Holz, das golden angemalt worden war. Zorros Finger strichen über die Verzierungen. Er zog das Tuch weiter zur Seite und nun erkannten sie deutlich die Leinwand, die zum Vorschein kam. Darauf sahen sie ein Arrangement von Sonnenblumen.

„Das ist doch …", stotterte Backe.

„Ein Bild von Van Gogh", sagte Lilly.

„Aber natürlich nicht echt", sagte Zorro.

„Das sind also die gestohlenen Bilder?", fragte Backe, der nun klang, als wäre er außer Atem.

„Sieht so aus, ja", bestätigte Zorro und hob das Bild sanft an. Dann machte er sich daran, das darunterliegende Bild freizulegen. Schon nachdem er das Tuch nur wenige Zentimeter weggeschoben hatte, erkannte er, dass es sich um einen Vermeer handeln musste.

„Wow, wir haben die Bilder also gefunden!", sagte Backe triumphierend. „Was Versicherungsdetektiven und anderen Experten nicht gelungen ist, hat das *Weiße Z* geschafft!"

„Nur nicht übermütig werden“, antwortete Lilly. Aber auch auf ihrem Gesicht lag ein breites Grinsen.

Auch Zorro fühlte so etwas wie Ehrfurcht in sich aufsteigen. Sie hatten es geschafft. Hier standen sie nun also am Ziel. Die Bilder waren gefunden.

„Das haben wir wirklich gut gemacht“, sagte er und klatschte sich mit seinen Freunden ab. „Wir haben die Bilder gefunden.“

„Ja, das haben wir“, sagte Lilly und sah versonnen auf die Kiste.

Dann öffnete Zorro den Deckel noch etwas weiter. Waren hier wirklich nur die Bilder, oder nicht doch noch etwas anderes? Und tatsächlich, am hinteren Ende der Kiste entdeckte er einen Beutel. Eilig griff er danach. Es war ein Leinenbeutel. Doch darin steckte ein schwerer Lederbeutel. Zorro zog den Lederbeutel hervor. Das Leder war zum Teil speckig und bereits brüchig. Doch Zorro registrierte die reich verzierten Beschläge am Verschluss. Sie zeigten ein Wappen. Die Griffe waren aus Leder gefertigt. In den Verschluss waren Muster und Verzierungen aus Perlmutt eingelassen. Das war nicht der Beutel einer einfachen Frau. Das war der Beutel einer Adeligen. Sachte öffnete Zorro ihn und war beeindruckt. Das sah noch kostbarer aus als er erwartet hatte! Selbst im matten Licht der Taschenlampe erkannte er Perlenketten, Goldringe, Ohrringe, Amulette, Golddukaten und eine Handvoll Edelsteine. Darunter Smaragde, Rubine und etwas, das aussah wie ein Diamant. Hier hielt er ihn also in der Hand. Den geheimen Schatz der Freifrau Johanna.

Hier in der Höhle hatte sie ihre Wertsachen also vor der Gier ihres Gatten verborgen. Begeistert reichte Zorro den Beutel an Backe und Lilly weiter. Beide staunten, als sie die Wertsachen erblickten.

Doch wie kam der Beutel in die Kiste mit den Bildern? Wer immer die Kiste hier versteckt hatte, musste zuvor den Schmuck der Freifrau gefunden haben. Bei dem Gedanken, dass nun die Wertsachen seiner Ahnin wieder vereint waren, lief Zorro ein Schauer über den Rücken. Lilly reichte ihm den Beutel zurück und Zorro verstaute ihn erneut an seinem Platz in der Kiste.

„Okay, bevor wir uns hier noch die Beine in den Bauch stehen, sollten wir vielleicht zu Montag und Tessi zurückkehren“, schlug Backe vor.

„Ja, lass uns die Bilder schnell wieder einpacken“, sagte Lilly.

So beeilten sie sich, alles wieder ordentlich zusammenzulegen, und schlossen die Kiste. Dann hoben sie sie gemeinsam hoch. Zorro hielt sie mit beiden Händen, Lilly und Backe hatten jeweils eine Hand an der Kiste und hielten in der anderen die Taschenlampen. Mit einem Kopfnicken bedeutete Zorro seinen Freunden loszugehen. Langsam gingen sie nun durch den Gang, bemüht darum, die Kiste nicht anzustoßen oder gar fallen zu lassen.

Zorro hatte nicht genau darauf geachtet, wie lange sie schon gelaufen waren, als sich der Gang wieder verbreiterte und sie die große Halle erreichten. Mittlerweile war es draußen schon fast dunkel geworden. Nur noch ein fahler

Lichtschein fiel in die Höhle. Die drei Freunde gingen bis in die Mitte der Halle. Dann stellten sie die Kiste ab. Backe stöhnte auf und rieb sich mit dem Handrücken über die Stirn. Zorro sah sich um, aber er konnte Montag und Tessi nicht entdecken.

„Montag?!“, rief Zorro. Sein Ruf hallte in der Höhle nach. Sie lauschten, konnten aber nichts hören.

„Montag, wo seid ihr?!“, rief nun auch Lilly. Doch nichts geschah.

„Irgendwie gefällt mir das nicht“, sagte Backe und steckte seine Hände in die Hosentaschen. Gebannt blickte er in die Richtung des Höhlenausgangs.

„Lasst uns die Taschenlampen ausschalten“, sagte Zorro. Mit einem leisen Klicken erlosch das Licht der beiden Lampen. Für einen Moment standen sie einfach nur da und sahen zum Ausgang.

Dann auf einmal hörten sie Schritte. Zorro war erleichtert. Er machte ein paar Schritte vorwärts.

„Montag?!“, rief Zorro erneut. Doch es kam keine Antwort. Im nächsten Moment erschien eine Gestalt im Höhleneingang. Zorro konnte nicht erkennen, wer es war. Nur Montag war es bestimmt nicht.

„Hallo?“, hörten sie auf einmal eine vertraute Stimme.

„Herr Jansen?“, entfuhr es Zorro und Tessi gleichzeitig. Eilig schalteten sie ihre Taschenlampen wieder an. In ihrem Lichtkegel stand der Versicherungsdetektiv Herr Jansen von der Global-Metropol-Versicherung.

„Was machen Sie denn hier?", fragte Lilly erstaunt. Herr Jansen lächelte und kam auf sie zu. Ohne Lilly zu antworten, deutete er mit einem Grinsen auf die Kiste.

„Sind da etwa die …", sagte er erstaunt.

Die drei Freunde nickten.

„Wie habt ihr … Wirklich …?", Herrn Jansens Stimme überschlug sich. „Das ist ja … Auf diesen Moment habe ich so lange gewartet. Das habt ihr ja super gemacht!" Herr Jansen kam noch zwei Schritte näher und kniete sich dann auf den lehmigen Boden direkt vor die Kiste. Vorsichtig betastete er sie und sah sie sich genau an. „Und sie war hier in der Höhle?", fragte er.

„Ja, gleich da hinten", sagte Zorro. „Es war nicht schwer."

„Ihr bekommt natürlich eine Belohnung", sagte Herr Jansen, ohne seinen Blick von der Kiste zu nehmen.

„Und was passiert nun damit?", fragte Lilly und machte einen Schritt vorwärts. Herr Jansen blickte auf. Für einen kurzen Moment wirkte er verwirrt, dann lächelte er und sagte: „Ich werde die Kiste mitnehmen, die Bilder untersuchen lassen und dann werden sie an die rechtmäßigen Besitzer zurückgegeben." Damit erhob er sich und winkte Zorro und Backe zu sich. „Bitte helft mir doch, die Kiste zum Wagen zu bringen."

Zorro und Backe sahen sich an. Dann sagte Zorro: „Die Sache hat nur einen Haken."

Herr Jansen sah sie erstaunt an und fragte: „Ja, welchen denn?"

„Es geht nicht nur um die Bilder. Da ist noch mehr. Es geht um Schmuck und andere Wertgegenstände der Freifrau Johanna von Frangenberg“, sagte Zorro. „Sie war eine meiner Vorfahrinnen. Wir haben Grund zur Annahme, dass sich diese Dinge in der Kiste befinden.“

Herr Jansen sah Zorro für einen Moment unentschlossen an, dann fing er sich plötzlich und sagte: „Na, das ist doch kein Problem. Im Labor, wo ich die Bilder untersuchen werde, können wir uns auch gleich diese Dinge besehen.“

„Warum sollten wir das tun?“, fragte Backe erstaunt.

„Weil es vielleicht besser ist“, sagte Herr Jansen.

„Können wir nicht hier eben die Dinge aus der Kiste nehmen, die Zorros Familie gehören?“, fragte Lilly. „Dann nehmen Sie die Kiste mit den Bildern und alles ist gut.“

Herr Jansen zögerte einen Moment. Dann schüttelte er den Kopf.

„Nein, es ist nicht gut, die Kiste mit den Bildern hier in der Höhle nochmals zu öffnen. Das tut den Bildern nicht gut. Ich denke, am besten ist es, wenn wir sie zu meinem Wagen bringen. Ich fahre die Sachen ins Labor und dann holen wir dort eure … Was sagtest du noch, was es ist?“

„Schmuck und solche Sachen“, sagte Backe.

„Genau, dann holen wir die Sachen da für euch aus der Kiste“, sagte Herr Jansen und lächelte sie an.

Die drei Freunde überlegten einen Moment, dann zuckte Zorro mit der Schulter und meinte: „Ja, warum nicht?“

„Gut“, erwiderte Herr Jansen. „Dann machen wir uns am besten auf den Weg. Es wird ja schon dunkel.“

Herr Jansen, Zorro und Backe packten die Kiste, hievten sie hoch und machten sich auf zum Ausgang. Lilly folgte ihnen mit den Taschenlampen in der Hand.

Draußen wehte ein eiskalter Wind. Zorro spürte sofort, wie ihm die Kälte unter die Kleidung kroch. Er zitterte. Auch Backe biss die Zähne zusammen. Nur Lilly schien sich nichts aus dem eisigen Wind zu machen.

Zorros Blick fiel auf den Wald. Die Bäume wirkten vor dem dunkelblauen Abendhimmel wie bedrohliche Kreaturen mit verdrehten und verwinkelten Armen. Nur noch wenige Blätter hingen an den Ästen. Neben dem Rauschen des Windes hörte Zorro das Rascheln des Laubes unter ihren Schuhen, während sie langsam zum Wagen von Herrn Jansen gingen. Der Wagen stand ungefähr fünfzig Meter rechts des Höhleneingangs. Plötzlich fragte sich Zorro wieder, wo Montag und Tessi steckten. War es ihnen zu kalt geworden und hatten sie womöglich beschlossen, wieder nach Hause zu fahren? Aber warum hatte Tessi ihn dann nicht angerufen? Zorro stockte einen Moment. Er sah sich eilig um in der Hoffnung, dass Montag und Tessi irgendwo auftauchen mochten. Aber er konnte niemanden sehen. Dann erreichten sie den Wagen. Gemeinsam stellten sie die Kiste ab.

11. Fatale Wendung

So, da wären wir", sagte Herr Jansen und zog den Autoschlüssel aus seiner rechten Hosentasche. Er schloss das Auto auf der Fahrerseite auf und öffnete dann die linke hintere Tür.

„Wir stellen die Kiste einfach auf die Rückbank", sagte er und bückte sich erneut, um sie anzuheben.

„Sollen wir sie nicht lieber in den Kofferraum tun?", fragte Lilly.

Herr Jansen schüttelte den Kopf: „Der ist schon voll. Zuviel Zeugs." Dann hob er seine Seite der Kiste an. Backe wollte gerade ebenfalls zupacken, als Zorro für einen Moment das Gefühl hatte, als hätte sich etwas im Wagen bewegt. War da wirklich etwas oder täuschte er sich? Vielleicht hatte Herr Jansen einen Hund, der im Kofferraum wartete? Doch alles, was er sah, waren Decken und zwei Kartons.

Und auf einmal war sie wieder da. Diese Stimme, die er schon damals im Auto der Entführer vernommen hatte. Was wollte sie? Er konnte es nicht genau ergründen, aber es kam ihm vor wie eine Warnung. Irgendetwas war an der ganzen Situation seltsam. Da kam ihm ein neuer Gedanke und er fragte Herrn Jansen: „Woher wussten Sie eigentlich, dass wir in der Höhle sind?"

„Woher ich das wusste?", erwiderte Herr Jansen.

„Ja, wie sind Sie auf diese Höhle gekommen?“, fragte Zorro erneut.

„Also, das ist ganz einfach. Ich wollte vorhin zu euch, um euch über die neuesten Schritte bei der Suche nach den Bildern zu unterrichten. Also bin ich zum Schloss gefahren. Aber dort habe ich euch nicht angetroffen. Ich sah noch gerade, wie ihr in den Bus gestiegen seid. Da bin ich dem Bus gefolgt. Leider habe ich euren Ausstieg verpasst. Also musste ich suchen. Schließlich bin ich auf ein Hinweisschild zur Höhle gestoßen. Da dachte ich mir, dass es ja sein könnte, dass ihr hier seid.“

Backe und Zorro nickten.

„Wie lange sind Sie denn schon hier?“, fragte Lilly auf einmal.

Herr Jansen war überrascht über diese Frage. Er sagte: „Vielleicht zwanzig Minuten, vielleicht ein bisschen weniger?“

„Und Sie haben Montag und Tessi nicht gesehen?“, fragte Lilly.

„Tessi ist hier?“, fragte Herr Jansen und es schien den drei Freunden plötzlich, als wäre er irgendwie nervös. Er fuhr sich mit dem rechten Zeigefinger am Hemdkragen entlang und reckte dabei den Hals. Dann sagte er mit seltsam trockener Stimme: „Nein, ich habe Tessi nicht gesehen.“

„Und Montag?“, fragte Backe.

„Den auch nicht“, erklärte Herr Jansen. „So, und nun lasst uns am besten die Kiste in den Wagen packen. Es wird schließlich immer dunkler.“

Zorro zögerte. Dann sagte er: „Ich glaube, ich würde die Sachen doch jetzt schon gern aus der Kiste nehmen. Wir können sie ja im Wagen öffnen. Dann sollte nichts kaputtgehen."

„Dafür haben wir aber jetzt und hier doch keine Zeit!", erwiderte Herr Jansen.

„Warum nicht?", fragte Zorro.

„Weil es gleich ganz dunkel ist …"

„Sie haben doch aber Licht im Auto und wir haben noch Taschenlampen", sagte Zorro.

Herr Jansen wurde ungeduldig. „Ich weiß nicht, was das jetzt soll, Zorro. Lass mich die Sachen ins Labor bringen und dann bekommst du deine Schmuckstücke, und was da sonst noch ist, morgen. Ist das nicht gut?"

„In welches Labor bringen Sie die Sachen denn?", mischte Backe sich nun ein.

Während Herr Jansen antwortete, sah Zorro noch einmal auf den Wagen und hatte erneut das Gefühl, als würde sich im Inneren etwas bewegen.

„Nach Bad Trekelsingen", sagte Herr Jansen.

„Da gibt es ein Labor?", fragte Lilly überrascht. „Wofür denn?"

„Haben Sie die Adresse für uns, damit wir unsere Sachen dort morgen abholen können?", fragte Backe plötzlich.

Doch Zorro machte nun einen Schritt auf Herrn Jansen zu. „Ich möchte meine Sachen dennoch heute Abend haben", sagte er mit fester Stimme.

Nun antwortete Herr Jansen nicht mehr. Stattdessen griff er blitzschnell in die rechte Jackentasche.

„Also, was ist jetzt, können wir ...?", fragte Backe. Doch bevor er seinen Satz beenden konnte, sahen alle drei in die Mündung eines silbernen Revolvers.

„Ich habe jetzt genug von dem Gequatsche", schnauzte Herr Jansen sie an. „Jetzt nehmt ihr die Kiste und packt die in den Wagen. Und zwar ein bisschen dalli. Verstanden?"

„Was soll denn das?", fragte Backe vorsichtig.

„Was soll denn das?", äffte Herr Jansen ihn nach. „Jetzt packt die Kiste in den Wagen, oder ihr macht Bekanntschaft mit meiner kleinen Freundin hier!" Mit einem Kopfnicken deutete Herr Jansen auf den Revolver in seiner Hand.

Zögerlich packten die drei Freunde die Kiste und hoben sie an. Herr Jansen zog die Autotür ganz auf und machte dann einen Schritt zurück. Mit der Hand, in der er die Pistole hielt, dirigierte er sie.

„Schön vorsichtig, sonst gibt's was!", tönte er und wischte sich mit dem linken Handrücken über den Mund.

Als die drei Freunde die Kiste auf die Rückbank geschoben hatten, bedeutete Herr Jansen ihnen, vom Wagen wegzutreten. Schwungvoll ließ er die Tür zufallen. Dann ging er zur Fahrertür und wollte gerade einsteigen, als Zorro sagte: „Es ging Ihnen nie um die Bilder." Herr Jansen hielt für einen Moment inne und sah zu Zorro.

„Gut erkannt, mein Junge", sagte er und lächelte schief.

„Sie wussten die ganze Zeit, dass es sich natürlich um Fälschungen handelt. Die Bilder sind nichts wert. Es ging Ihnen nur um das, was in den Rahmen versteckt ist, und um die Juwelen, die schon hier in der Höhle versteckt waren."

„Sieh mal an. Da hat der kleine Detektiv Zorro aber gut aufgepasst", sagte Herr Jansen hämisch.

„Und für die Versicherung sind sie wohl auch nicht tätig", vermutete Lilly.

„Oh, doch", sagte Herr Jansen. „Oder sagen wir: war ich tätig. Aber dann kam jemand, dessen Angebot ein wenig interessanter war. Als gewöhnlicher Versicherungsdetektiv verdient man ja nicht so viel. Aber nun werde ich wohl ein bisschen reich!" Herr Jansen grinste die Drei an.

„Damit kommen Sie nicht durch!", sagte Lilly entschieden.

„Nein?", fragte Herr Jansen scheinheilig. „Und warum bitte nicht?"

„Weil es eindeutig ist, wer Sie beauftragt hat", entgegnete Zorro. „Die Familie Döster-Waldberten. Sie sind seit eh und je hinter den Wertsachen her."

„Oh, schlaues Bürschchen", sagte Herr Jansen. „Aber nicht schlau genug. Denn wenn es euch einfallen sollte ...", mit diesen Worten machte Herr Jansen zwei Schritte weg von der Fahrertür hin zur hinteren Autotür und öffnete diese erneut, „zur Polizei zu gehen, bevor ich weg bin, wird euer Freund hier das zu spüren bekommen." Mit diesen Worten griff Herr Jansen über die Rückbank und zog eine der Decken im Kofferraum zur Seite.

Selbst im Halbdunkel erkannte Zorro Montags Lockenkopf. Montag lag im Kofferraum. Zorro vermutete, dass sein

Freund gefesselt war. Wahrscheinlich hatte Herr Jansen ihn auch geknebelt. Sonst hätte er längst geschrien.

Lilly und Backe zuckten zusammen.

„So, und nun bleibt schön da stehen!“, befahl Herr Jansen, machte wieder einen Schritt weg vom Wagen und schlug die hintere Tür zu. Dann ging er erneut zur Fahrertür und setzte sich in den Wagen. Er schlug die Tür zu und ließ das Fenster herunter.

„Also, denkt dran – wenn ihr euch kooperativ verhaltet, dann wird eurem Freundchen nichts passieren“, sagte er und ließ sie noch einmal seine Waffe sehen.

Zorro zitterte. Wut und Verzweiflung stiegen in ihm auf. Nun gab es nur einen Namen, der ihm durch den Kopf ging.

„Wo ist Tessi?!“, schrie Zorro.

Herr Jansen war für einen Moment erstaunt. Dann zuckte er mit den Schultern und sagte gleichgültig: „Ich habe keine Ahnung, wo deine Schwester ist. Es ist mir auch egal.“

Für den Bruchteil einer Sekunde wollte Zorro einfach losrennen, sich mit seiner ganzen Kraft auf Herrn Jansen stürzen. Er wollte ihn packen, ihn so lange schütteln, bis er ihm sagte, was mit Tessi passiert war. Aber Zorro spürte Lillys Hand auf seiner Schulter. Sie schien zu ahnen, was in ihm vor sich ging. Sie sah zu ihm und schüttelte den Kopf. Langsam beruhigte er sich wieder.

Dann hörten sie alle, wie Herr Jansen den Wagen anließ. Die Waffe hielt er, nun in seiner linken Hand, noch immer aus dem Fenster gestreckt. Dann legte er den ersten Gang ein und fuhr los. Zunächst fuhr er den Waldweg noch ein

Stückchen weiter hoch, bis er zu einer Stelle kam, an der er wenden konnte. Herr Jansen drehte den Wagen und kam wieder auf sie zu. Nun erkannten sie alle, wie sich Montag im Kofferraum wandte. Steif standen sie am Wegesrand. Hilflos und verzweifelt. Sie waren so nah dran gewesen. Das *Weiße Z* hätte seinen zweiten Fall gelöst und seit zweihundert Jahren verschollene Juwelen wären in den Schoß der Familie zurückgekehrt. Und nun war alles verloren. Zudem schwebte ihr bester Freund in großer Gefahr und Tessi war verschwunden. Zorro wollte sich nicht ausmalen, was mit ihr passiert sein mochte. Schreckliche Bilder zogen vor seinem geistigen Auge vorbei. Die hilflose Tessi in den Händen dieses Verbrechers. War sie auch im Wagen?

Doch Zorro kam nicht dazu, weiter darüber nachzudenken. Obwohl so viele Gedanken durch seinen Kopf geschossen waren, war der Wagen gerade einmal vierzig oder fünfzig Meter von ihnen entfernt. Vielleicht waren es auch hundert? Zorro konnte es nicht mehr einschätzen. Er war kurz davor, sich einfach auf den Waldboden fallen zu lassen. Sich hier in der Kälte hinzulegen, die Arme auszubreiten und seine Wut und Enttäuschung in den Wald zu schreien. Auch Backe und Lilly wirkten erschöpft und ausgelaugt. Doch gerade, als ihre Kräfte sie zu verlassen drohten, bemerkten sie es.

Zunächst sah es aus wie ein Tier. Doch dann erkannten sie, dass es ein Mensch war. Im Scheinwerferlicht des Wagens von Herrn Jansen kam die Gestalt aus dem Wald gerannt und sprang mit einem großen Satz direkt vor das Auto.

Instinktiv schlug sich Lilly den Unterarm vor die Augen. In diesem Moment hörten sie die Bremsen des Wagens quietschen. Er kam kurz vor der Person zum Stehen. Zorro und Backe starrten wie gebannt auf die Szene. Zorro war sich nicht sicher, aber dann sagte Backe fasziniert: „Das ist eine Frau!“

Die Frau stand breitbeinig vor dem Wagen und hatte die Arme angehoben, so als bedrohe sie den Fahrer des Wagens.

„Kommt“, sagte Zorro und stieß seine Freunde an. Diese überlegten nicht lange, sondern rannten hinter Zorro her. So schnell sie konnten, liefen sie in Richtung des Wagens. Und nun sahen sie die Frau deutlich. Sie trug einen beigefarbenen Trenchcoat, schwarze Stiefel und auf dem Kopf eine Baskenmütze, unter der ihre weißblonden Haare hervorlugten. Es war die Frau von der Pressekonferenz. Es war Birgit Goldacker. In ihrer Hand hielt sie ebenfalls eine Pistole und die war direkt auf die Windschutzscheibe des Wagens gerichtet. Zorro, Lilly und Backe bremsten ab und verbargen sich hinter einem Baumstamm, der rechts der Straße lag. Von hier konnten sie genau sehen, was sich vor ihnen abspielte.

„Steigen Sie aus!“, rief Birgit Goldacker und machte eine ruckartige Bewegung mit der Pistole. „Das Spiel ist aus!“

Herr Jansen saß in dem Wagen wie angewurzelt. Er schien nicht einmal mehr zu atmen, wie Zorro fand. Die Frau machte einen Schritt auf den Wagen zu. Ohne dabei die Arme herunterzunehmen.

„Es reicht!“, rief sie. „Nicht genug, dass die gierigen Grafen derer von Döster-Waldberten die arme Johanna ausgenommen haben, um ihr dann noch das Leben zu nehmen. Nein, nun kommen sie heute schon wieder und stehlen ihr Eigentum. Aber dieses Mal werde ich es nicht zulassen. So, und nun machen Sie den Motor aus und steigen Sie aus dem Wagen oder ich werde hiervon Gebrauch machen", dabei deutete sie mit einem Nicken auf die Pistole in ihren Händen. „Und immer schön die Hände hoch!"

Herr Jansen schaltete den Motor aus.

„Jetzt!", zischte Zorro seinen Freunden zu und erhob sich. Gebückt huschte er hinter den Wagen und winkte seinen Freunden zu. Vorsichtig schlichen Lilly und Backe ihm nach. Zorro wandte sich nach links und sah an dem Wagen entlang. Dann bemerkte er, wie Herr Jansen die Fahrertür öffnete. Noch bevor Zorro etwas sagen konnte, hatte Backe den Verschluss der Kofferraumtür geöffnet. Er ließ die Klappe aufgehen. Herr Jansen wollte zurückblicken, aber Birgit Goldacker rief ihn zur Ordnung.

„Schön hierher schauen!", rief sie, wobei sie ihn nicht für eine Sekunde aus den Augen ließ. Eilig rissen die drei Freunde die Decke von Montag herunter und zogen ihren Freund anschließend aus dem Kofferraum heraus. Montags Knöchel und seine Hände waren mit Klebeband gefesselt und auf seinem Mund klebte ebenfalls ein breites Stück davon. Backe ergriff die Füße, während Zorro und Lilly den Oberkörper anhoben und den verängstigten Montag aus dem Wagen hoben. So schnell sie mit Montag im Arm laufen konnten, huschten sie zu ihrem Baumstamm zurück. Dort legten sie ihn ins Laub und begannen eifrig ihm das Klebeband abzuziehen. Zuerst befreiten sie seinen Mund, dann machten sich Lilly und Backe an die Hände und Knöchel. Bevor Zorro Montag fragen konnte, prustete dieser schon atemlos hervor: „Tessi ist in Ordnung!“

„Wo steckt sie?“, zischte Zorro.

„Oben, bei der Höhle. Links neben dem Höhleneingang ist ein großer Felsvorsprung, der zusätzlich von einem dicken Baumstamm verdeckt wird. Vom Weg kann man den Vorsprung nicht sehen. Dahinter wartet Tessi.“

Zorro spürte, wie eine Last von ihm abfiel. Tessi ging es gut und sie war weit genug vom Ort des Geschehens entfernt. Dann blickte Zorro wieder zu dem Wagen. Herr Jansen ging vorsichtig auf Birgit Goldacker zu. Diese bedeutete ihm, dass er ihr den Rücken zudrehen sollte.

„So, und nun die Hände auf die Motorhaube!“, rief sie ihm zu.

„Hören Sie“, rief Herr Jansen, während er sich umdrehte. „Wir können doch über alles reden. Wollen Sie Geld?!“

„Nein, ich will Gerechtigkeit. Gerechtigkeit für Johanna von Frangenberg. Und dazu gehört es, dass ihre Wertsachen wieder zu ihrer Familie zurückkehren.“

„Was soll denn das?“, protestierte Herr Jansen.

„Hände auf die Motorhaube“, bellte Birgit Goldacker zurück. Herr Jansen tat, was sie verlangte.

„Die Frau lebt seit zweihundert Jahren nicht mehr. Warum können wir uns nicht darauf einigen, die Sachen zu teilen. Sie bekommen den Schmuck und ich die Bilder“, sagte Herr Jansen nun und blickte über die Schulter zu Birgit Goldacker.

„Seien Sie einfach ruhig und bleiben Sie so stehen“, antwortete diese.

Dann begann sie, in ihrer Tasche nach etwas zu suchen. Dabei ließ sie Herrn Jansen nur für einen kurzen Moment aus den Augen. Doch dieser nutzte die Gelegenheit und wandte sich blitzschnell um. Mit einem Sprung warf er sich auf Birgit Goldacker und erwischte diese vollkommen unvorbereitet. Verdutzt ließ sie die Pistole fallen und stürzte dann selbst zu Boden. Herr Jansen warf sich über sie und versuchte ihre Hände festzuhalten. Birgit Goldacker wehrte sich wie eine Löwin. Für einen Moment gelang es ihr, sich aus der Umklammerung zu befreien. Aber schon setzte Herr Jansen nach und versuchte erneut, sie festzuhalten.

„Was machen wir jetzt?“, wimmerte Lilly.

„Was können wir schon machen?“, fragte Backe aufgeregt. „Wir können uns kaum dazwischen werfen. Da ist eine Waffe im Spiel!“

„Warum nicht, wir sind zu dritt“, widersprach Zorro und sah seine Freunde auffordernd an. „Wenn wir uns auf ihn werfen, haben wir eine Chance!“

Lilly zögerte. Auch Backe schien nicht überzeugt. Vielleicht hatten sie Recht. Es war zu riskant. Aber konnten sie Frau Goldacker einfach ihrem Schicksal überlassen? Mussten sie nicht helfen? Was, wenn Herr Jansen die Pistole in die Hände bekäme? Wo war überhaupt sein Revolver? Bevor Zorro noch weiter nachdenken konnte, sprang er erneut hinter dem Baumstamm hervor und lief mit einem lauten Schrei um das Auto herum.

Und da war sie wieder, diese Stimme. Plötzlich tauchte sie in Zorros Kopf auf und beruhigte ihn. Sie sagte nichts Besonderes, ja, Zorro konnte nicht einmal genau sagen, was sie ihm erzählte. Nur nahm er auf einmal das ganze Geschehen wie durch einen Schleier wahr. Einen Schleier, der die Geräusche, seinen Schrei, die Kampfgeräusche von ihm trennte. Es war plötzlich ganz still um ihn herum. Wie in Zeitlupe sah Zorro seine eigenen Schritte. Sah, wie seine Arme sich hoben, wie er plötzlich vom Boden abhob und sich mit einem Hechtsprung von hinten auf Herrn Jansen stürzte. Er spürte nicht, wie er gegen Herrn Jansens Rücken prallte und dieser zur Seite kippte. Erst als er unsanft aufschlug, kam er wieder in das Hier und Jetzt zurück.

Herr Jansen lag auf der Seite und versuchte immer noch, die Arme von Birgit Goldacker zu greifen, die wild um sich schlug. Im Bruchteil einer Sekunde musste Zorro überlegen, was er nun machen sollte. Da wandte Herr Jansen sich plötzlich ihm zu. Eilig kroch Zorro zur Seite. Was hatte er sich dabei gedacht? Was sollte er nun tun? Sein Blick tastete den Boden ab. Wo war die Pistole von Herrn Jansen? Zorro konnte sie nicht entdecken. Es war mittlerweile auch so dunkel geworden, dass es schwer war, kleine Dinge am Boden zu erkennen. Dann ließ Herr Jansen von Birgit Goldacker ab und warf sich auf Zorro. Aus dem Augenwinkel sah Zorro, wie Frau Goldacker einfach zur Seite sackte. War sie etwa ohnmächtig geworden? Bewusstlos geschlagen? Zorro wehrte sich nicht mehr. Er ließ alles geschehen. Und aus einem unerklärlichen Grund hatte er keine Angst. Hatte er nicht schon einmal in einer solchen Situation gesteckt und hatte er damals nicht bemerkt, wie beschützt er war? Er war nicht allein, Gott sah, was hier und jetzt geschah, und Zorro war sich sicher, dass er ihn nicht allein lassen würde. Er wäre bei ihm, was immer auch geschehen mochte.

Zorro spürte, wie diese Erkenntnis ihm Kraft gab. Er hatte Vertrauen und das fühlte sich gut an. Plötzlich sah er, wie Herr Jansen einen großen Stock ergriff, in etwa so dick wie ein Knüppel. Er hatte das Ende mit beiden Händen umklammert und hielt es hoch über seinem Kopf. Zorro wartete. Wartete auf den Moment, in dem die Keule heruntersausen und seinen Kopf treffen würde. Doch nichts geschah. Im selben Moment spürte er, wie das Gewicht von Herrn Jansen von ihm gezogen wurde. Herr Jansen schien sich zu wehren, aber er hatte keine Chance. Seine Arme wurden mit schwarzem Klebeband umwickelt. Er konnte sie nicht mehr bewegen. Der Knüppel glitt ihm aus seinen Händen und fiel zu Boden. Das Letzte, was Zorro wahrnahm, war das Blitzen blauen Lichtes, das durch das Gewirr der Baumstämme zu ihm vordrang. Es ließ den Boden um ihn herum wie einen blauen See aussehen.

Dann verlor er das Bewusstsein.

12. Nachspielzeit

Zorro fuhr sich mit dem Zeigefinger am Inneren seines Kragens entlang. Das Hemd war zu eng. Warum hatte seine Mutter ihn nur gezwungen, diesen albernen Anzug anzuziehen? Er sah hinüber zu Backe, Montag und Lilly, die am Stand mit der Kinderbowle standen und sich das dritte oder vierte Glas holten. Aus derselben Richtung wehte ihm zudem der Geruch herrlich gegrillter Bratwürste zu. Also schlenderte er in die Richtung, wo seine Freunde schon warteten. Nach wenigen Schritten spürte er auf einmal eine vertraute Hand auf seiner Schulter. Es war die Hand seiner Mutter.

„Ist das nicht herrlich!“, flötete sie und machte eine ausladende Bewegung mit dem Arm. „All diese Menschen hier. Sieh mal, ist das nicht der Moderator von ‚Werden Sie Millionär!‘? Oder da drüben, das ist doch … na, dieser Sänger, oder war er Gitarrist … du weißt doch, von dieser Popband. Und da ist doch tatsächlich der Altbundespräsident samt Gattin! Ich bin ja nur so froh, dass das Wetter mitspielt!“ Zorros Mutter war ganz außer sich. Hier und heute, beim Empfang des Ministerpräsidenten, war sie ganz in ihrem Element.

Aus dem Augenwinkel bemerkte Zorro, dass Tessi sich ihnen näherte. Sie trug ein dunkelblaues, schulterfreies Kleid mit einer hübschen weißen Jacke darüber, und dazu

Ballerinas mit weißen Punkten. Ihre blonden Haare hatte sie zu einem festen Zopf gebunden. Sie winkte Zorro zu. Gegen die herbstliche Kälte hatte sie sich zudem noch den Mantel ihres Vaters übergeworfen.

„Hey Schwesterherz!“, rief er ihr zu und hob seinen Becher zum Gruß. Sie kam näher und seine Mutter verabschiedete sich mit der Erklärung, dass sie unbedingt die Gattin des Innenministers kennenlernen müsse. Tessi hielt neben Zorro. Sie sah zu ihrem Bruder hoch. Dann ließen beide den Blick über den großen Garten schweifen, in dem der Empfang stattfand. Am Ende des Gartens, auf einem Hügel, ragte der Amtssitz über die Baumwipfel. Am Fahnenmast flatterten die deutsche Fahne und das Landeswappen. Unterhalb des Hügels war eine Bühne aufgebaut, auf der eine Tanzkapelle Walzer und Swing-Stücke spielte. Davor schoben sich nur wenige Tanzpaare über das Parkett. Die meisten Menschen standen in Grüppchen verteilt um die Bistrotischchen, die mit weißen Tischdecken überzogen waren. Darauf standen bunte Kerzen in Windgläsern. Zwischen den Bäumen, die weit über den Garten verteilt waren, hingen bunte Girlanden und Luftballons. Überall verteilt standen zudem Heizpilze, damit die Damen in den Abendkleidern sich nicht erkälteten. Zwischen den Gästen, von denen Zorro bis auf ein paar Fernsehleute niemanden kannte, eilten Kellner in weißen Jacketts umher, die kunstvoll Tabletts balancierten, auf denen sich abwechselnd Getränke oder kleine Snacks befanden. Doch Zorro und seine Freunde fühlten sich von den beiden großen Kohlegrills angezogen, auf denen Würstchen brutzelten und ein Spanferkel am Spieß gedreht wurde. Dann und wann wehte eine Liedzeile oder ein Stück Melodie von der Tanzbühne herüber. Es war keine Veranstaltung für Menschen unter dreißig. Das hatte Zorro schon erkannt, als sie aus dem Wagen ausgestiegen waren.

„Und, amüsierst du dich?“, fragte Tessi mit unüberhörbarer Ironie.

„Wie man's nimmt“, sagte Zorro. „Wenn ich die Wahl hätte, wäre ich lieber im Probenkeller mit Backe und Montag.“

„Tja, hast du aber nicht“, sagte Tessi. „Wir von Frangenbergs müssen schließlich beim Ministerpräsidenten repräsentieren.“

Zorro und Tessi lachten.

„Na, na, was ist denn da so lustig?“, kam die unverkennbar bärige Stimme ihres Vaters von hinten. Zorro drehte sich um. Sein Vater trug einen Frack, der schon zu Zeiten Charlie Chaplins alt gewesen war und einen Gehstock mit silbernem Knauf. Auf seinem Kopf saß schief ein Zylinderhut. Zorros Mutter hatte zunächst protestiert und dann nur noch mit den Augen gerollt, als Johann von Frangenberg beschlossen hatte, in diesem Aufzug zum Empfang des Ministerpräsidenten zu gehen. Schließlich hatte sie aber aufgegeben und war schulterzuckend in den Wagen gestiegen. Dennoch hatte sie sich die gesamte Fahrt lang darüber ausgelassen, warum ausgerechnet sie einen Mann geheiratet hatte, der sich so wenig aus den Verpflichtungen seines Standes machte.

Hinter seinem Vater tauchte nun auch Onkel Ludwig auf. Er trug, wie schon im Schloss, seinen Tweed-Anzug mit Weste und Uhrenkette. Doch seine Schuhe waren frisch geputzt und er war glatt rasiert. Er sah wesentlich besser und erholter aus. Er prostete Zorro mit einem Limonadenglas zu.

„Sieht so aus, als wäre deine Mutter die Einzige, die sich hier richtig amüsiert", sagte Onkel Ludwig und zwinkerte Zorro zu.

„Also, mir gefällt es auch", sagte Backe, der mit vollem Mund zu ihnen stieß. „Das Hähnchen da ist klasse und die Würstchen sind einsame Spitze!"

Hinter Backe tauchten nun auch Montag und Lilly auf und prosteten allen zu. Montag trug ebenfalls einen Anzug und an seinem Hals prangte sogar eine Fliege. Lilly trug ein weißes Kleid mit Spitze und darüber eine rote Strickjacke.

„Wer hätte das gedacht, wir alle beim Ministerpräsidenten", sagte Montag und biss ein Stück Brezel ab.

„Na, ihr habt schließlich ein lang gehütetes Geheimnis gelüftet", sagte Onkel Ludwig. „Wenn das mal kein Grund ist."

„Das finde ich aber auch", sagte auf einmal eine unbekannte, sonore Stimme hinter Zorro. Zorro drehte sich auf der Stelle um und sah einen Mann im dunklen Anzug, mit blauem Hemd und Krawatte. Er hatte volles, dunkles Haar und einen Schnurrbart. Um ihn herum standen etliche Männer in dunklen Anzügen, die kleine Kopfhörer in einem Ohr trugen und sich nervös umblickten.

„Darf ich mich vorstellen, Dr. Arnsberg." Der Mann reichte Zorro die Hand. „Du bist also der Held, der die Juwelen der Freifrau zu Frangenberg wieder nach Dösterfelde gebracht hat?"

Zorro schüttelte dem Ministerpräsidenten nervös die Hand. Dann schüttelte er energisch den Kopf und sagte: „Nein, das war ich nicht allein. Das waren wir alle hier. Meine Freunde Backe, Lilly, Montag und meine Schwester Tessi. Sie war sogar die Wichtigste. Wenn sie aus ihrem Versteck heraus nicht die Polizei gerufen hätte, wären wir wohl heute nicht hier."

„Und nicht ohne Birgit Goldacker", ergänzte Tessi.

„Das war sehr mutig", sagte Dr. Arnsberg und reichte nun auch Tessi und Zorros Freunden die Hand. „Und es stimmt, dass dieser Versicherungsdetektiv im Auftrag der Familie von Döster-Waldberten gehandelt hat?", erkundigte er sich.

„Ja, das stimmt", bestätigte Backe. „Er war eigentlich schon seit Langem hinter den Bildern her. Seine Versicherung hatte die Werke einst versichert, als man noch dachte, dass es die echten Bilder seien. Im Falle eines Verlustes hätte die Versicherung also sehr viel Geld zahlen müssen. Dann kam Herr Jansen aber auf die Geschichte mit den gefälschten Bildern und den darin versteckten Juwelen. Die Familie derer zu Döster-Waldberten bot ihm viel Geld, wenn er ihnen und nicht den Besitzern die Bilder zurückbringen würde."

„Was für eine Geschichte", sagte der Ministerpräsident und rieb sich seinen Schnurrbart. „Und du bist sogar von Herrn Jansen entführt worden?" Dabei schaute er zu Montag.

Montag nickte und sagte: „Ja, als ich mit Tessi vor der Höhle auf Zorro und die anderen wartete, sah ich die Scheinwerfer eines Wagens. Ich wusste nicht, wer das sein konnte, fand es aber seltsam. Also half ich Tessi sich zu verstecken und wartete allein. Dann kam Herr Jansen. Ich kannte ihn ja, also dachte ich mir nichts dabei. Doch dann wurde er komisch. Er wollte genau wissen, wo die anderen waren, und als ich aufhörte ihm etwas zu sagen, packte er mich und warf mich in den Kofferraum. Dann fesselte er mich und drohte mir."

Zwei Reporter, die neben dem Ministerpräsidenten standen, schrieben alles eifrig mit.

„Ich danke dir für deinen Mut", sagte der Ministerpräsident. „Das habt ihr alle zusammen sehr gut gemacht. Danke! Wie heißt euer Club doch noch gleich?"

„Das *Weiße Z*", sagte Lilly.

„Das *Weiße Z*", wiederholte der Ministerpräsident. „Klingt gut!" Damit wandte er sich ab. Seine Bodyguards umringten ihn unverzüglich und Mikrofone von Reportern streckten sich ihm entgegen. Umgeben von dieser Menschentraube ging er auf eine andere Gruppe zu.

Für einen Augenblick schwiegen alle. Dann holte Zorro tief Luft und schaute für einen Moment in den Nachmittagshimmel über ihnen. Er war stahlblau und nur einige Zirruswolken zogen darüber hinweg. Anschließend sah Zorro seine Familie und Freunde an: „Es gibt manches, das ich an der Geschichte noch nicht verstehe. Alles begann mit der Visitenkarte, die Birgit Goldacker bei der Pressekonferenz zurückgelassen hat. Dann kam der Brief von dir, Onkel Ludwig, …"

„Der Brief war nicht von mir", sagte Onkel Ludwig plötzlich.

Zorro stockte: „Nicht von dir – aber von wem dann?"

„Von Birgit", sagte Onkel Ludwig, ohne mit der Wimper zu zucken.

„Aber der Brief war doch in Brasilien abgeschickt worden", wandte Zorro ein. „Ich habe doch die Briefmarken gesehen!"

„Es waren benutzte brasilianische Briefmarken. Sie hat sie bei einem Sammler gekauft und auf den Umschlag geklebt. Auch der Stempel war eine Fälschung. Ich bin mir sicher, dass man nicht einmal erkennen kann, was auf dem Stempel steht."

„Woher weißt du das?", fragte Zorro nun überrascht. In den ganzen letzten Tagen, in denen sie den Fall aufgearbeitet hatten, hatte er nicht mit Onkel Ludwig darüber gesprochen. Zu viel hatten sein Vater und Onkel Ludwig sich zu erzählen gehabt. Sein Onkel war am Abend, nachdem sie mit der Polizei aus der Höhle zum Schloss zurückgekehrt waren, aus seinem Kellerversteck gekommen. Gemeinsam mit Zorro, Montag, Backe, Lilly und Tessi hatte er die Polizei darüber aufgeklärt, was sich in den letzten Tagen ereignet hatte. Zorros Vater hatte sich gefreut, seinen Bruder wiederzusehen nach all den Jahren. So hatte Zorro den Brief ganz vergessen.

„Birgit Goldacker hat es mir erzählt", sagte Onkel Ludwig.

„Sie hat es dir erzählt?", fragte Zorro ungläubig.

„Ja, sie hat es mir am Tag nach den Ereignissen in der Höhle erzählt. Die ganze Geschichte. Warum sie zur Pressekonferenz gekommen ist und warum sie dir den Brief geschrieben hat, der angeblich von meinem Anwalt in Brasilien gekommen war …"

„Ja, erzähl schon!", drängte Zorro seinen Onkel.

„Da bin ich aber auch gespannt", sagte Zorros Vater.

„Wie du ja weißt, hat sich Birgit schon lange um die Geschichte von Johanna von Frangenberg gekümmert. Sie wusste schon früh, dass die Familie Döster-Waldberten hinter den Bildern und dem Schmuck her war. Als sie aus den Zeitungen erfuhr, dass ich die Bilder aus der Galerie in Hamburg gestohlen hatte, ahnte sie, dass ich sie im Schloss in Dösterfelde verstecken würde."

„Wieso?", fragte Montag.

„Weil ich ihr von dem Schloss erzählt hatte und dass es mich faszinierte. Sie war es dann, die die Bilder in ihrem Versteck auf dem Dachboden fand und mitnahm. Allerdings sagte sie mir kein Wort davon. Bald aber begann sie, mir ins Gefängnis zu schreiben. Sie erzählte mir, dass sie von einem Mann oder mehreren Männern beschattet würde. Sie hatte Angst. Sie wurde ständig beobachtet. Ihre Briefe wurden aus ihrem Briefkasten gestohlen und sie war sich sicher, dass sie gelesen würden."

„Wer war das?", fragte Lilly nun fasziniert.

„Wahrscheinlich Herr Jansen und seine Helfer. Sie wollten die Bilder ja auch haben", sagte Onkel Ludwig und räusperte sich. „Noch während ich im Gefängnis war, erfuhr ich von deinem Vater, dass ihr umziehen wolltet. Er suchte ein größeres Haus auf dem Land. Gleichzeitig las ich, dass die Familie Döster-Waldberten ihr Schloss verkaufen musste, da sie mal wieder pleite waren. Da gab ich deinem Vater den Tipp und machte deutlich, dass es sehr gut wäre, wenn er sich für dieses Schloss entscheiden könnte."

„Das hat ja auch geklappt", sagte Zorros Vater. „Und wir fühlen uns sehr wohl dort. Auch wenn diese Familie unserer Ahnherrin so viel Unrecht widerfahren ließ."

Onkel Ludwig lächelte kurz und fuhr dann fort: „Kaum kam ich also aus dem Gefängnis heraus, ließ ich Birgit wissen, dass ich nach Brasilien fahren wollte."

„Aber was wolltest du da noch, die Bilder waren doch alle in Deutschland", fragte Zorro.

„Ja, schon", sagte Onkel Ludwig, „aber ich wollte den Besitzern sagen, was passiert war. Sie sollten erfahren, dass die Bilder Fälschungen waren – sofern sie das nicht schon wussten – und dass es eben um Juwelen ging, die darin versteckt waren. Ich dachte, sie sollten erfahren, was passiert war und warum. Schließlich war ich dafür verantwortlich. Zudem wusste ich, dass die Polizei mich sicherlich noch eine Weile beobachten würde. Sie dachten sicherlich, dass ich schnurstracks zum Versteck der Bilder gehen würde, um sie zu holen. Das tat ich zwar auch – aber die Bilder waren natürlich nicht mehr da."

„Und was wollte Birgit machen?", fragte Backe.

„Nach der Sache mit Zorros Entführung wollte sie mit euch Kontakt aufnehmen. Sie dachte, die Pressekonferenz für das Buch wäre eine gute Gelegenheit. Doch dann tauchte Herr Jansen dort auf. Da wusste sie, dass sie nicht ungestört mit euch sprechen konnte. Also hinterließ sie die Visitenkarte, die euch zur Galerie führen sollte, und schrieb den Brief, in dem du den Hinweis mit dem Dachboden gefunden hast. Sie wollte euch auf die Spur führen, ohne dass Herr Jansen davon Wind bekommen würde. Sie dachte, wenn ihr das Bild des Schlosses in der Galerie seht und dann noch die Kiste auf dem Dachboden findet, würdet ihr auf die richtige Spur kommen. So war es dann ja auch. Sie musste sehr vorsichtig sein, denn Herr Jansen war ihr immer auf der Spur. Er ahnte, dass sie wusste, wo die Bilder und die Juwelen waren."

„Bleibt noch eine Frage", sagte Zorro. „Woher wusste Birgit, dass die Juwelen, die Johanna damals versteckt hatte, in der Höhle waren?"

Ein Lächeln huschte über Onkel Ludwigs Gesicht. Für einen Moment sah er versonnen zu Boden. Dann sah er zu Zorro: „Das ist eine lustige Geschichte. Als Ferdinand von Döster-Waldberten Balduin Goldacker mit dem Malen der Bilder beauftragte, ging es ihm finanziell nicht gut. Also fragte er Balduin Goldacker, ob er ihn auch mit anderen Dingen als Geld bezahlen könnte. Er hätte da noch eine Kiste, die wohl recht wertvoll sei."

„Etwa die Kiste mit der Aussteuer?", fragte Lilly.

„Genau die", sagte Onkel Ludwig. „Er gab sie Balduin Goldacker als Bezahlung. Er wusste ja nicht, dass sich in der Kiste der Hinweis befand, wo die Juwelen und Goldstücke versteckt sein würden. Als Birgit die Kiste betrachtete, fand sie die Flasche. Ihr kam das Etikett gleich seltsam vor. Es wurde wahrscheinlich von Johanna selbst mit Tinte angefertigt. Sie wollte so ihren Freunden und Verbündeten einen Hinweis geben, wo die Sachen versteckt waren. Aber von denen hat nie jemand die Flasche bekommen. Erst Birgit und dann euch ist es gelungen, das Geheimnis hinter dem seltsamen Etikett zu lösen. Und so sind die Juwelen nun wieder alle zusammen."

„Was für eine Geschichte!", sagte Zorros Vater und erhob sein Glas. „Auf das *Weiße Z!*"

„Auf das *Weiße Z!*", riefen alle zusammen.

„Ich glaube, wir haben hier ein neues Buch", sagte er dann und zwinkerte verschmitzt. „Wie wäre es mit folgendem Titel: *Das weiße Z und die verschollenen Juwelen?*"

„Klingt super!", sagte Backe.

Noch bevor jemand etwas erwidern konnte, kam plötzlich Zorros und Tessis Mutter angelaufen. Atemlos rief sie schon aus einigen Metern Entfernung: „Ich habe gehört, der Ministerpräsident war hier?"

„Ja, war er", sagte Zorro.

„Ja und, was wollte er?", fragte seine Mutter.

„Nur mal so plaudern", sagte Zorro und nahm einen Schluck aus seinem Glas.

„Nun spann mich doch nicht so auf die Folter", drängelte seine Mutter.

„Er hat gesagt, dass er dieses ganze Fingerfood ganz fürchterlich findet und dass er sich am liebsten das Jackett ausziehen würde, um dann da hinten am Grill ein paar Rippchen zu grillen und die dann mit viel Ketchup zu verspeisen", sagte Tessi und sah ihre Mutter mit weit aufgerissenen Augen an.

„Ja, und zwar ohne Messer und Gabel, sondern einfach mit den Fingern. So, dass der Ketchup richtig spritzt und kleckert", sagte Zorro.

Für einen kurzen Moment sah Zorros Mutter unschlüssig zwischen Zorro und Tessi hin und her.

„Ihr macht euch doch über mich lustig", sagte sie und lachte. Dann stimmten alle in ihr Lachen mit ein.

Einige Zeit später begann der Garten sich zu leeren, als das Fest langsam ausklang. Die Gäste sammelten ihre Familienangehörigen und gingen zu ihren Wagen zurück, die in der Auffahrt zum Amtssitz des Ministerpräsidenten warteten.

Zorro stand allein an einen Baum gelehnt und sah hinüber zu seinen Freunden, die ein paar Meter weiter auf ein paar Stühlen saßen, plauderten und lachten.

Plötzlich stellte sich Onkel Ludwig zu ihm. Für einen Moment blickten beide stumm über den Rasen, die Girlanden, die Teelichter auf den Tischen und hinauf zum Amtssitz, der jetzt im Dunkeln mit Scheinwerfern beleuchtet wurde.

„Was macht Birgit Goldacker jetzt?", fragte Zorro.

„Das wüsste ich auch gern", sagte Onkel Ludwig und nahm einen Schluck aus seinem Glas.

„Das heißt, ihr habt keinen Kontakt mehr?“, fragte Zorro.

„Nein“, sagte Onkel Ludwig. „Sie ist verschwunden.“

„Verschwunden?“

„Ja, sie hat mir vor einigen Tagen eine Nachricht geschickt. Darin sagte sie nur: Die Suche geht weiter. Johanna braucht meine Hilfe!“

„Aber warum, die Juwelen wurden doch alle gefunden?“, wunderte sich Zorro.

„Es geht nicht nur um die Juwelen“, antwortete Onkel Ludwig. „Die Geschichte mit Johanna und Karl war noch weit komplizierter.“

„Du meinst also, wir sind noch nicht am Ende?“, seufzte Zorro.

„Das könnte sein“, sagte Onkel Ludwig und wandte sich zum Gehen.

ENDE

Geboren 1972 in Hamburg, arbeitete **Christian Mörken** nach einem musikwissenschaftlichen Studium viele Jahre in der Musikindustrie (u.a. für Herbert Grönemeyer) und anschließend im Verlagswesen. Heute lebt er als freier Autor, Texter und Redakteur im Allgäu. Er ist mit Gabriela verheiratet und hat zwei Kinder. Ehrenamtlich ist er im Kirchenvorstand und im Kindergottesdienst-Team aktiv.

Bisher in dieser Reihe erschienen:

Christian Mörken
Das weiße Z
und ein Schloss voller Lügen
SCM
Kläxbox